故郷の川を遡る鮭の背に

富盛菊枝

影書房

故郷の川を遡る鮭の背に　目次

Ⅰ

Ⅱ

Ⅲ

カバー・見返し・本文装画（銅版画）＝三好まあや

I

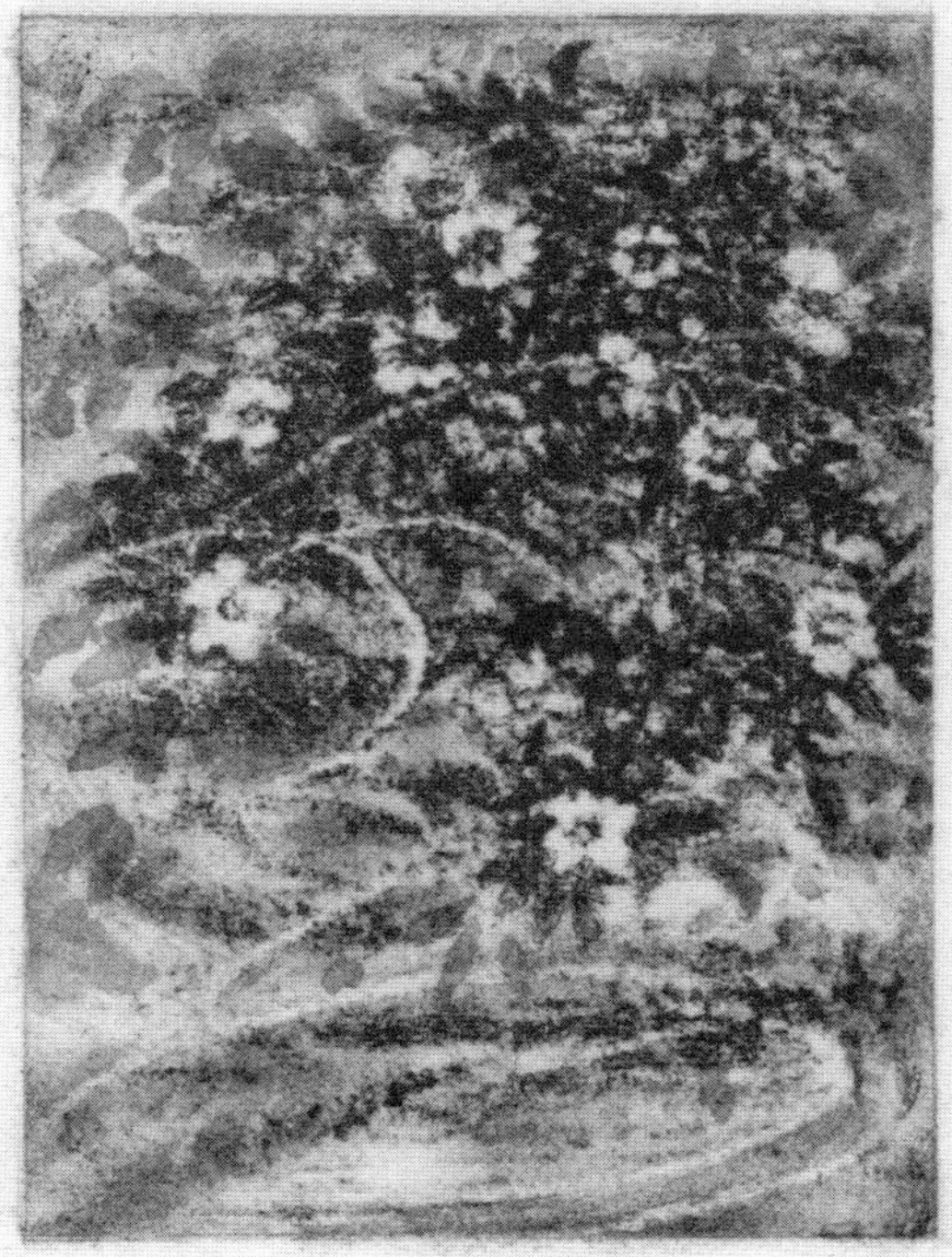

子どもの冬、そして春の記憶

わたしが子どものころ、冬はまず家の窓や戸のすきまをふさぐ目張り貼りから始まった。いまのように、すきまテープやビニールなどという便利なものはなかったから、鍋いっぱいの糊を煮て、新聞紙や荷造り用の紙を数センチ幅に切り、すきまというすきまに貼りつけていく。出窓の外側の窓は、あけたてする戸と戸の合わせ目までぴったり封をされて、押すのも引くのも禁止になる。その窓からは、足をのばして防火用水の桶のふちに乗り、いきおいよく外へとびおりて遊んでいたのに、この日からはそれもできない。

蚕が繭にこもるように、目張りで閉ざした家にいて、母がその次に始める冬の仕事は編み物だった。わたしにも大事な役が回ってくる。毛糸の一束を輪にしてかけた両腕を大きく広げて、糸が巻きとられていくのをじっと待っている。カカシになって、ぴんと腕を張っているのは、とてもつらい。

「かあさん、なに編むの？　だれの、さ」

「だれのかなあ」

母は笑って、いそがしく編み針を動かす。くるくると順番に同じことをくり返す。ただそれだけなのに、いつのまにかゴム編みがメリヤス編みにかわって、小さい筒形ができ、指まで生えてくる。できかけの手ぶくろに、そっと手をもぐりこませると、それはもうほっかりあたたかい。

編み物をしている母は静かだ。ストーブの火がごうごういうのと、壁の時計が刻む音、雪の降り積む音まで聞こえる夜ふけ、身動きもしない背中が丸い。指だけが一すくい、一すくい、時を編む。そうして編まれたお古のセーターを、いつかまたほどくと、この雪の夜の記憶が一筋に解けてくるだろう。

春は、思いがけないところから始まる。一面の雪の原はまだ冬、枝ばかりになった木と枯れ草が寒そうに風を受けている。けれど白い大地は、ふとんを敷きつめた遊び場。子どもたちはすべったり、ころんだり、とっくみあったり、手足をなげだして休むのも雪の上だ。だれかが雪につきたてたスキーが二本、まぶしい陽をあびて、湯気をたてている。

こわれた金具のわきにゴムベルトをつけた小さいスキー。そのころ、子ども用のスキーがあるなんて、めずらしかった。わたしがおしりに一本敷いてすべっていたのは大人のスキーで、重くてずんぐりむっくりの軍隊用のものだった。

「いいなあ、これで立ってすべれたら」と、わたしは小声でいって、スキーにさわった。そのとたん、スキーはいたずらっ子のようにはねて、わたしの顔に冷たいものをぶつけてきた。倒れる拍子に掘り返した雪、いや土だった。

しめって黒い畑の土、土のにおい、土の味、わたしは泣きべそをかきながら、思った。もうすぐ土が顔を出す、春なんだ。スキーがあったって、すべって遊ぶのはもう終わり。春、春がくる。

その通りだった。あんなに盛り上がっていた雪のふとんは薄くなり、日だまりには土の黒といっしょに、心おどる緑が萌えだした。ふきのとうの黄緑、すいせんの葉の青緑、なんの草か花が咲くのかわからない黒々とした緑の芽。どれも生まれて初めて見る鮮やかさである。去年も、おととしも、春はこうしてやってきたはずなのに、子どもにとってはあまりにも前のこと、ぼんやりとしか覚えていない。だから、目の前にやってきた春は、なにもかもが新しく、おどろきに満ちている。

冬の眠りが、そうさせるのか。北国の春は目覚めのときであると同時に、忘却の季節でもあるらしい。子どもの記憶は、冬を越えたときには、もう水の底か土の下に埋もれて、大地の記憶になってしまう。新生、再生、転生を迎えるように。

そうして、子どもの新しい季節はめぐる。

（室蘭民報　一九八九年一月一日）

子どもにとっての生と死

あなたの人生最初の記憶はどんなこと？

あなたが初めて死というものを意識したのは、いくつのとき？

わたしは、この二つの質問をよく人に向ける。無意識の闇の底から生まれ、またそこへ帰っていくのが人間だとしたら、その始まりのときに、わたしは限りない関心を抱いている。


学生のころから、わたしはもう数十年も子どもの文学をこそ書きたいと志してきた。最近は子ども向きの多種多様な本が書店の棚にあふれているが、わたしが子どものころはそうではなかった。全てに貧しい戦争の時代だった。本どころか、食べる物、着る物、なにもかも欠乏していた。太平洋戦争が終ったとき七歳だったわたしは、外を遊び回るときも食べられる野草を探し、桑の実や山ぶどう、コクワの実のなる秘密の場所を持っていた。それでも満たされない胃袋が悲鳴をあげていた飢餓感を、からだで記憶している。数少ない絵本やお話の本、そまつな紙の紙芝居まで繰り返し読んだせいか、これもみな覚えているのだ。そのころのわたしにとって、本は空腹を想像の力でなだめ満たす代用の食物であったかと思える。

高校生になって、わたしはやっと図書館に出入りするようになった。生まれ育った北海道南部の中都市には、図書館が一つしかなかったが、そこには文化の香りがたちこめていた。青春の入り口に到るまでの読書体験は、出会った本は何でも読んだということになるが、その中でわたしは身に沁みて思った。もっと、子どもが全身を浸せるお話がほしい。心がもとめている糧、世界への目を開かせ感動を与えてくれる本がほしい、と。いま思い返すと、このときの願いが、わたしを児童文学に結びつけてきたようだ。

冒頭の質問に帰ろう。人生最初の記憶について、このあいだ、新聞の投書欄で面白い話を知った。ある母親が三歳の娘に生まれたときのことを聞いたら「うん、ママのおなかからね、下にするするって降りてきたの。とっても苦しくて、苦しいよーっていってたの」と答えたという。十日ほど経って、もうひとりの母親の投稿が載った。二歳二か月の息子に聞いた同様の体験だった。その子は「きつくて、きつくて、よいしょ、よいしょ」と苦しそうな顔をしてみせた、とある。

わたしが思いあたるのは、繰り返しみる夢の中で「また、こんなせまい口から出なくちゃならないわ」という状況になることである。どうしてそうなるのか、穴の中にいて後へは戻られない。自分の身の大きさに比べて、脱出の口はあまりにも小さく、息も苦しく、絶望しそうになる。たいていは身をもがきつつ醒めるのだが、そこは母の胎内ではないかと推量していた。それが、はからずも二人の幼児の証言で確信できた。おそらく、二、三歳まではだれもが誕生の記憶を持っているのではないか。前世の記憶を持つ子がいるというふしぎな話もあるが、産まれおちるときから始まる記憶は信じるに足りる。

そうして現われ出た個体は、地に落ちた種のように芽をふき、新しい記憶を刻みつつ、めざましく成長する。その生の中に死が刻印されるのは、いつか？　もう一つの問いへの答えは人によって大きく異なるだろう。

わたしの場合は五歳の夏だった。母方の祖父が、そのころでは珍しく病院で亡くなった。だから、臨終の場面は知らないのだが、田舎の家で祖父の帰宅を待つ人の中に、わたしもいた。大人たちは五歳の子にも死者の装束を一針縫わせ、通夜にも葬式にも参列させた。わたしは目の前で運ばれた一部始終を克明に覚えている。ただ、たくさんの人が集まってきて悲しみの感情が高まっていくのに、わたしは訳がよく分からず、少しはずれてお祭りの気分でいたようだ。葬列の写真を見ると、並んだ孫たちの中で一番幼いわたしは白い着物を着て小首をかしげ、かすかにほほえんでいるのだ。

死というものを自分にも訪れるものとして知ったのは、もっと後になってからで、小学四年生くらいだった。命には限りがあると認めなければならない衝撃は大きかった。とてつもない虚しさに引きずりこまれ、何をしていても、そのことが頭から去らない。世界が裏返しになったようないらだちと、どんな慰めや救いも届かない悲嘆。生命力さかんな子どもにとって、死を受け止めることは、この上もなくむずかしい。

しかし、常とは違う世界にある死を感じとる力は幼い子でも十分に持ち合わせている。子どもの内側で、生と死はどんな位置を占めているのか。いつか自分も死ぬという深い渕から浮上したとき、わたしには小さな錘《おもり》がついていたように思う。それは生命の中心軸を引っ張っていて、わたしの中をまっすぐに大地へ降りている死という錘である。死をバネにして生きるような局面に会わなかったわたしの人生で、それでも大きな揺れが襲ったとき、その錘は動揺を鎮め静かにわたし自身を取り戻させてくれた。さらに近年たくさんの人の死に会うことで、錘は次第に重みを増してきたと思う。

（在家仏教　一九九六年七月号）

幼年時代の森

わたしが幼年期を過ごしたのは、室蘭の小さな谷間だった。輪西《わにし》町の駅から御崎《みさき》方面へ線路沿いの国道を行くと、右手が港をひかえた新日鉄の構内、左手には小山の下が削りとられたような高い崖が道の際《きわ》まで迫ってくる。その少し先にあるガス会社の角を折れて坂道を登った谷あいの地は、瑞之江《みずのえ》（現大沢町）と呼ばれていた。

そこは町中とは山一つへだたった地形のためか、いまも不便な土地である。わたしが子どものころは店一軒なく、町まで出なければ買い物もできなかった。国道沿いには、いまは埋め立てられてしまった大きな池が一面さざ波を広げていて、冬はスケートリンクになった。

製鉄会社の広い構内にはいる門はいくつもあったが、国道を横切った所にあるのが第一門で、そこを利用する会社の人たちには、目の前の坂道を登っていく瑞之江社宅は便利だったと思われる。わたしの父は一九三三年に結婚して、運良くそこに住むようになったらしい。三十軒足らずの住宅地の一隅で長女が生まれ、三年おいてわたしが産声を上げた。五つのころ、坂下のほうにあった家から、少し間取りの多い上の家に引越したのを覚えているが、そんなささやかな変化もふくめて、わたしを取り巻く狭い谷間の世界は安住の地だった。社宅の子がみんなそうであったように、わたしは外をかけまわり、濃密な自然を呼吸しながら大きくなった。

谷を切り開いて通した一本道は、片側に清冽な流れを伴っていた。小川は深い所でも五歳児の胸くらい、十歩行けば向こう岸だった。ただ、水の勢いが足をさらうこともあり、冷たかった。雨が降ると、川は咳こむようにごぼごぼと音をたて、道にあふれ出る。粘土質の土と砂利でかためただけの道路は、穴ぼこだらけになってしまう。

川で遊ぶ楽しみは、いろいろあった。あたりに茂っているクマザサの葉をとって、笹舟を作るのは、だれにでもできた。いや、学校へ上る前のわたしにとっては、近所の子の指先を細かく使う作り方は、見よう見まねでやっとできるものだった。葉の両端をそれぞれ折りたたみ、爪でたてに筋を入れ、少し引き裂いて結ぶように組み合わせる。ボートの形になった葉は、うまくいくと流れに乗って走り出す。みんなの舟が淀みで動かなくなると、回りからわざと波しぶきをたて、沈没ごっこもできる。

谷間を流れ下った川は、どこまで行ったのだろう。一つは国道の近くにある、あの池へそそいだはずであり、その先は構内を通って海の水といっしょになったろう。しかし、瑞之江は山の上に浄水場を持つほどの水源豊かな土地である。小川の支流が流れこんだかもしれない大きな沢があったと、わたしは記憶している。

そこは社宅の一番下の段の家々を見上げる場所だった。夏は丈高いイタドリが生え、さらに空を覆う木々が枝葉をのばしていた。太陽はさえぎられて、まるで密林に迷いこんだように薄暗い。

たえず水の音がしている。高い所から落ちる滝のような音が谺する。崖の途中から地下水がほとばしる音、足元ではぷくぷくと砂を巻きあげて湧き出す泉のかすかな音。そして、音もなく霧が立ち、わたしの全身が包まれる。

「いやー、いた、いた」

「こっちにきてみれ。でっかいのがいるぞ」

近所の男の子たちの声がした。水をはねちらかして騒いでいる連中のところへ、わたしも走っていく。二年の子が両手をつきだしたのを見ると、親指くらいの灰色のサルカニ（ザリガニ）が一匹ずつ、ハサミをふり回している。五年の兄ちゃんのほうは、脱いだ野球帽に大、中、小とりまぜて一つかみはある収穫をみせてくれた。

「わたしも、とるぅ」

足元の浅い流れに顔を出している石の一つに手をかけて、引っくり返す。にごり水の中でちっちゃなエビのようなものが、すいーっと逃げた。

「それ、そいつをつかまえろ」

「だって、いまの、サルカニ?」

わたしは、水中を泳ぐサルカニを初めて見た。なんと軽々とすばしこいやつ！

その日、わたしは一番大きいのを、ハサミの根元を押さえこんで持たせてもらっただけで、自分では一匹もとれなかった。

男の子についていくと、面白いことがいっぱいあると知ったわたしは、姉たち女の子とあまり遊ばなくなった。石けりやまりつき、ゴムとびがきらいになったわけではないが、ほかにもっと夢中になる遊びと行動を求めていた。男の子たちはサルカニ取りをした兄弟をいれて、いつも四、五人かたまって遊びに出る。わたしは、そのしっぽにくっついていく。

山の探検は、土だらけになったが、収穫がいっぱいだった。社宅の家は山際ぎりぎりに建つ家が多かったから、すぐ裏が山の遊び場といってもよかった。ただ、その山は道もなければ水飲み場もなく、草木が生え放題の自然のままだ。

子どもたちは、すべる靴やじゃまな下駄をぬいで、はだしで崖を登る。下るときは、おしりですべるほうが安全だ。道らしい道はなくても、そこにはいつのまにか〝子ども道〟ができていた。急な斜面では草の根元をしっかりつかみ、どの石を足がかりにすればいいか。大きな子は先に立ち、やって見せる。最後にくる子の足どりも見ている。

「もうちょっとだ。このクワの木まで、登ってこいや」

クワと聞いて、わたしはごくりとつばをのむ。夏の初めに実をつけたクワは、赤くなってもまだすっぱい。濃い紫色に熟れるまで待ちきれない思いをする。山の木は大きく枝をのばし、びっくりするほど実がなっていた。その色は紫より黒に近く、一粒一粒がたっぷりと甘い汁をためていた。

みんなの唇がたちまち汁で染まって、きみわるい顔になる。

「秋になったら、あっちの木。コクワがなるんだ。だれにも教えんなよ」

秘密の約束までできた。


五人の女の子が庭先に二列に並んだ写真がある。前に腰かけた三人の真ん中がわたし。うしろの一人が姉ちゃん、みんな少しすまして笑いを浮かべている。わたしだけは遠い目つきで、ほかのことを考えているのだ。その写真をとる前、わたしは土手にいて、虫取りに夢中になっていた。それを止めさせられて引っ張ってこられた。ひざに乗せたわたしのこぶしの中には、トンボがいる。だあれも知らないことだが、あの羽のざらざらする感触をそおっと味わっている。

まだ気にかかることがある。ほかの子はスカート姿なのに、わたしはセーターとひざを丸出しにしたパンツだけだ。毛糸で編んだ母の手製のパンツをわたしは好きだった。それに、スカートをはかせないのは母の好みなのかと思って従っていた。何十年も経って、いま、わたしはそれだけではないと気づく。土ぼこりをたてて崖をすべっていた遊び盛りのわたしの行動を、母はちゃんと知っていたのだ。もう確めようのないことを一枚の写真に読みとる。

わたしが、この谷間に暮らしたのは、十歳までだった。人生の最初の十年、それは長い一生にどのように位置づけられるのか、人それぞれであろう。だが、幼年時代はどこでどのように過ごされたとしても、ふしぎに共有できるものがあるのではないだろうか。それは、子どもにとってはすべてが初めてのできごと、体験だからだ。先入見のない、未知に感応する力がまだ十分に働いて、自分を発見していくのは、どの子にも共通している。

一方で、幼少期の生活環境が、その人の感性に働きかけるものは大きいといえる。それは知らず知らずのうちに体が感じ、快不快を知覚し、無意識の層に深く根を下ろしていくものだ。

わたしは瑞之江の谷間で、なによりも自然に恵まれていた。思い切り遊ぶこともできた。そこには、いまになってもまだ掘り出すものがたくさん埋まっているような気がする。

（ポケットむろらん　一九七八年一二月号　改稿）

谷地（ヤチ）の力

このごろ、しきりに思い浮かべている故郷の風景、それは草もあまり生えていない沼沢地の茫々とした眺め、あのヤチの風景である。どんな場所も遊び場にしてしまう子どものころは、シオカラトンボを追って足場の悪いヤチにもよく行った。

高校生のころは、ヤチを斜めに横切ってふみかためられた駅への近道を、いつもかけ足で通りぬけた。生まれ育った輪西町瑞之江から知利別町へ移ったのは小学五年生のときだが、学校への道は吹きさらしのヤチを拓いた道だった。

雨が降ると、校庭は泥の海になる。教室からの眺めは、湿地に咲くアヤメの群落や丈高い草の株を白い海霧《ガス》がかき消していく、寂しいイメージで残っている。転校生のわたしは、その荒れ地にはいっていくことができない思いだったのかもしれない。

やがて春、下校の道でわたしは思いがけない体験をした。数人の友だちと歩いていたとき、わたしは道の脇の溝で泥水がかすかに動くのを感じた。まだ白く見える氷が覆っている、その下で何が起こっているんだろう。わたしは、みんなが止めるのも聞かず、長靴の片足を氷に乗せた。

はずみをつけて、もう一方の足もふみこむ。すると、氷が傾き、左足が深みへ落ちた。

「ああっ」と、友だちの方が叫んで、わたしの体を二、三本の腕がつかまえる。足をぬこうとしても、長靴を脱ぐことさえできない。ぐいぐいと強い力で引きこまれる。やっとのことで足を引きぬき、泥水でいっぱいの靴をつかみ上げた。

「つめたいっしょ」

歩き出してから、友だちがいった。

「ううん。あったかい」

わたしは半分負け惜しみでいったが、靴下にしみこんだ泥水は歩くたびにこねまわされて、ほんとうにぬるくなっていた。ほっとする胸の奥で、わたしは地の底にある強力な力を恐ろしいと思ったのだった。

長いこと、わたしの中でヤチは不毛の地と置かれていた。室蘭に文学館を作ろうという運動が盛り上がり、ついに実現する中で、どこで使われたのだったか、耳に残った言葉がある。「文化不毛の地を返上しよう」という言い方だった。それを聞いたときにも、わたしの目の前にヤチが広がって見えた。けれども、室蘭が文化不毛の地ではなかった証拠に、文学館には多様多量の資料が続々と持ちこまれ、集められている。

いま、わたしは帰郷のたびに、住宅で埋めつくされた昔のヤチの道を歩きながら、かつての自然の光景を眼前に蘇らせようと試みる。わたしの小さい足を引っ張った、あの異様な力、大地の底力をもう一度感じてみたいのだ。そして、やっと、ヤチの力こそ文化を産む力だったのではないかと、気づいている。

（北海道新聞　室蘭版「ふるさと賛歌」　一九九七年八月二三日）

お祭りの花が咲くとき

この冬も、猫のひたいほどのわが庭で、サザンカが花をつけた。常緑のツバキに似た木だが、花も葉もツバキほど肉厚ではなく、白や淡紅色の小ぶりの花は清楚である。関東では、霜枯れの庭や裸木ばかりで殺風景になった道に、サザンカがひっそり咲きだすと、冬がやってくる。

北海道では見られないツバキ科の、この花を初めて見たとき、わたしは冬にも咲く花があるのかと感嘆した。白一色の雪景色こそ冬と思いこんで育ったわたしには、霜を帯びながら枝いっぱいに花をつける樹木の姿は不思議だった。いまでも、遠くから見かけたときなど、はっとして、紙の花かと思えてしかたがない。

やがて年が明け、寒中にツバキが咲きはじめても、息の長いサザンカは、まだどこかに残り花をつけている。そして、この花が咲いているあいだ、わたしは塀の外にこぼれる花をせっせと掃き続けることになる。重なった花びらも蕚も芯もばらばらになり、一日中散り敷き、降り積む。しかも、わが庭の花の色はぼたん色がかった赤で、路地を派手に彩るのだ。うすい花びらが凍った路面にはりついている朝は、昼頃まで待って、とけたところを掃き集めなければならなかったりする。

ほんとうに世話のやける散り方だが、この花びら掃除を、わたしは楽しんでもいる。灰色の冬に鮮やかなサザンカの花は、色といい、平べったい造りといい、わたしにとってなつかしい「お祭りの花」にそっくりだから。

子どものころ、住んでいた輪西町の日鉄社宅では、夏のお祭りが近づくと、一軒一軒に「お祭りの花」が配られた。それは長さ五、六十センチの幅広の竹串に、サクラの花をかたどったうす紙を重ねてのりづけしたもので、一本に五輪ほどが間隔をとって並んでいる。先の方には緑色の紙で双葉のような葉がつく。お祭りの前夜にこれを軒先に四、五本さして飾りつけをする。そのころの社宅は、板壁に黒いトタン屋根のくすんだ棟が続いていたから、この軒花を飾ると、一度に華やいで見えた。

ただ、子どもの目にも花飾りはいかにも造りものといった感じで、ぼかし染めのえのぐのぼたん色は安っぽく見えた。もし、お祭りの日に雨でも降ってぬれてしまうと、あんまりみすぼらしくて、お祭りが流れてしまう無念さや悲しさが、それで一層深まった。

聞いた話では、社宅ばかりでなく町のお祭りにも、この花飾りは長く用いられてきたようだし、いまでもお祭りを迎える仕度の一つとしている所があるという。端午の節句に菖蒲を軒に葺くという、古い日本の風習にでもならったものなのだろうか。

ともあれ、花飾りに始まって、お祭りは子どもにとって、さまざまに心おどる行事であった。おとなが用意してくれるお神輿《みこし》など子どもの出番というのもあったが、それよりもおとなの目を盗んで、小さな冒険をしたことのほうが記憶に残る。

わずかな小遣いをにぎりしめて、出店の通りを歩きまわったときの興奮。町はずれの社宅から神社のある町の広場まで必死で何度も往復した熱心さ。戦後の一時期、お祭りといえばサーカスがやってきて、テントの内側に別の世界を作ってみせてくれたこと。別世界と思えた空間が、自分の上にも広がる宇宙となっていったこと。

子どものわたしが感じたままにいえば、大蛇やライオンやゾウを手なづけることができるとおどろいたり、毎日学校へ行って勉強しなくてもいい子ども（サーカスの子役）がいるんだと目がさめる思いをしたりしたことだ。そうして、年に一度のお祭りに、わたしの世界が途方もなくふくらみ、広がっていったのだった。

あのとき、わたしが見上げていた軒先の花飾りは、ちゃちな造花であることを越えて、最高の「お祭りの花」になっていたのかもしれない。四十年以上も経って鮮やかによみがえるその花飾りを、わたしは新春の庭に残り咲くサザンカの上に重ねてみる。

（室蘭民報　一九八八年一月一日）

土地の記憶

正月三日の朝、ふと起きだして小窓を見たら、すりガラスに掌ほどの黒い影がうつっていた。羽をひろげた小鳥のような形に驚き、おそるおそる窓をあけると、黒いものより先に白い冷たいものがさらさらとこぼれた。思いもかけない雪だった。小鳥かと見えたのは、隣家の庭の木の枝が雪の重みでかしぎ、こちらの窓に葉むらをおしつけてきていたのだった。向こうに続く武蔵野の雑木林は、枝々にひそやかに雪を積もらせ、白一色の幻想世界のような雪景色である。

関東の雪は、二月の末か三月になって、わっと降り、みるまに消えてしまう。春の到来を告げる淡雪だ。ところが、ことしは気象庁開設以来、前例のない正月の大雪を記録したという。もう二十回近く、こちらで正月を迎えるわたしにも、もちろん初めてのことである。そういえば、最初のころは「雪のないお正月なんて！」と、かなりの違和感をもっていたのに……。新年早々、薄闇の朝の空から湧くように舞いおりてくる雪に「これがお正月だった」と、すがすがしく身内を洗われる思いを味わいながら、北海道の冬を想った。

わたしが生まれ育った室蘭は、道内では雪の少ない所だ。海からのつよい風にあおられて、雪は降るというより吹きつけてくる。ひたいやほおにはりつき、ぴりぴりと痛い雪を払いのけることもできずに肩で風をおしかえし、頭からつき進む。吹雪の中のそんな姿勢は、子どものころから自然に身についた。なにかのおり、困難な状況の下で目に見えない吹雪が襲いかかってきたと思えるとき、わたしは痛い雪に目をつぶり、頭を下げて身がまえている自分を感じる。身体に残る感覚とか姿勢は、風や土によって身に灼きつけられたものなのかもしれない。

もう一つ、これはだれにでもあることだと思うが、おとなになってから、生まれ育った土地を訪ねたときにおこる奇妙な感覚がある。

昨夏、わたしは生まれおちてから十歳まで育った輪西町の小さな谷間を歩いてみた。

そこを舞台に作品を書きたいと、かねてから思っているのだが、住んでいた社宅はとりこわされて草地にかえっている。十年ほど前に一度、そこを出てから二十年ぶりに足を運んだときは、廃屋の姿で、まだ、あった。

その家の前に立ったとき、わたしは小人の国にきたガリバーのような思いにとらわれた。むかし、向かいの家まで雨が晴れるのを待ってかけだしていったのが、おとなの歩幅でほんの五、六歩だなんて、どうして信じられよう。門の柱はよりかかって見上げるものだったのに、いまはわたしよりも低いくらいだ。すべてのものの大きさ、広さは、哀しいまでにくいちがった。背丈ののびたおとなのわたしは、世界が縮んで息苦しくなったようで幻滅した。

「そんな所を歩く必要はないよ。自分の中にある谷間を書けばいい」と、友人は忠告してくれた。だが、わたしは二度、三度と、うしろめたい思いにかられつつ、そこへ向かってしまう。そして、狭い谷間の縮んだ現実にがっかりしながらも、かつての空間感覚が別世界のようにわたしの内に残っていることを確認する。

昨年は、その谷間の入り口に新しい道路ができ、山を掘りぬいたトンネルからのびた高架道をスピードを上げて車が走っていた。わたしはたいして驚かなかったが、もし子どものころ、これを見上げたなら、どう感じたろうと思ってみたりした。

生まれ育った土地の記憶は、なによりも先に幼少期の身体感覚として深く刻みこまれ、埋められたものだ。それこそをたよりに、わたしはわたし自身の子どもの世界を取り出していきたいと思う。

（月刊ダン　一九七八年三月号　北海道新聞社）

ふるさとで思うこと

津軽海峡をくぐって、久しぶりに北海道へ帰った。連絡船で渡っていたころは別の大地を踏むという実感がわいたが、いまはトンネルを行く海峡線の座席で、頭上の海を想像するしかない。北海道と本州とが一続きになったことに、そしてこれが当り前になっていくことに、一種の感慨を覚えながら。

わたしが生まれ育った室蘭は、函館からさらに二時間あまり東へ走ったところにある港町だ。昨年来、市が安い住宅地を売り出し、地価上昇率が全国最低ということでもすっかり有名になってしまった。

こんどの旅で、わたしは、その町に住み続けてきた中学時代の同級生たちと、三十数年ぶりに顔を合わせた。親の代からの洋品店や履物屋をうけついだ人、企業内の高校に進みそのまま入社して働き続けてきた人、さらに下請け会社に移った人などは責任の重いポストにいるらしい。どの顔も腰のすわった生き方が身についている、いい大人の顔だ。

高校を出てすぐ上京してしまったわたしには思い及ばないことがたくさんあるが、だれにしろ五十年を一つの町で暮らすということは容易なことではない、と思う。ことに鉄の街として国の産業政策に直結してきた室蘭では、転変はげしい時代の波を受けることになる。太平洋戦争末期、兵器を作っていた工場めがけてアメリカ軍の艦砲射撃があったとき、わたしたちは国民学校の二年生だった。家族や友だちを失った戦争の傷と恐怖は、いまだに消えない。

高校生のころ、町が数百日にわたって揺れた日鋼争議では、労働者の歯をくいしばる闘いを身近に知った。やがて経済の高度成長時代がくると、石炭から代った石油タンクの群が港の周辺の風景を一変させていった。そしていま、工場に残った旧友は高炉の火が消えるのを見届ける役にいるという。社宅が閉ざされ、バスを仕立てて出ていく転勤家族を見送るとき、商店を営む者の胸をどんな思いがよぎるだろう。

この春の衆議院選では「地域利益」という切り札で身を守り当選した政治家が目立った。「地域利益」を望まない選挙民はいないだろうから、これが最後の切札として効くのだろうか。その土地に自分の生活や生命をかけて生きている人にとって、ほんとうに納得のいく利益とは何なのだろう。大企業に身を寄せて生きてきた町の旧友たちは、その地に還元されない利益の大きさを知ったのではないか。

社宅育ちだったわたしは、見慣れた古い家並が跡形もなく消えてしまった社宅街に行ってみた。草茫々の更地の土をすくいながら、思わずこんなことをつぶやいた。

「土にもどせるうちはいいんだわ。人間も、建物も、すべて元へ還す道が残っているうちは……」

（婦人しんぶん　一九九〇年四月一〇日）

原生花園への旅

北見をでて石北線《せきほく》を東へ走ると、網走の一つ手前に「呼人《よびと》」という駅があった。木造のすすけた駅舎がぽつんとある田舎の駅である。「よびと」と、口にだしてつぶやくうちにも汽車は動きだし、網走湖の水が木の間がくれにちらちらと光りはじめた。北海道の駅名のほとんどがアイヌ語の語源をもつように、「ヨピト」からきたこの名は、親沼の網走湖から分かれた沼という意味をもつらしい。と知ったのは、あとで調べてのことで、このときは「人を呼ぶ」と当てた字のほうに、心ひかれていた。旅愁をさそわれた。旅にでて、この湖に向かうと、人は心の中で人を呼んでいることに気づくのではないだろうか。湖面をわたる風にのって人の呼ぶ声が、ときには自分が自分を呼ぶ声が聞こえてくるかもしれない。数年前、もっとさかのぼれば十数年前に初めてこの地を旅したときにも、私はこの小さな駅を見落としていた、と思った。

私の道東への旅は、阿寒周辺と知床への関心から始まった。阿寒周辺では伝えられる摩周湖の神秘的な姿を見たいと思ったのだが、知床については逆に何も知らず、また知られていないところが魅力だった。道内の交通公社で聞いても「斜里《しゃり》からバスがでてるはずだけどねえ」と、たよりない返事しかもらえなかったころである。もちろん旅館は一軒もないといわれて、同行の友人三人は思案顔になった。それでも若い冒険心にかられて、ウトロまで足をのばすことにした。

携帯食まで用意していった先では、運よく営林署の寮に泊めてもらえることになり、「そのかわり自炊ですよ」と、ナベカマを示された。女四人は、かえって張り切った。浜へ行って、水からあげたばかりの「アキアジ（鮭）」を一本丸ごと買い、焼いて煮て汁にもしたが食べきれない。すばらしい味だった。

漁師の小舟ででたオホーツクの海はさすがに波荒く、そそりたつ断崖絶壁も、海鳥の糞《ふん》で白くなった岩々も、人が手をだすことのできない自然の営みを思わせた。いま、知床は全国に「野性の宝庫」と喧伝されるようになったが、観光客を受けいれる町の変貌は別にして、自然が作ったあの険しい風土は変わりようがないだろうという気がする。地の涯の海が、知床をとりまいているのだから。

海といえば――道南の工業都市室蘭に生まれ育った私は、それまで、大らかな明るい太平洋を〝海〟と思っていた。だが、オホーツクは明らかにちがった〝海〟の表情をしていた。この海には、無辺際の静けさと透明なさびしさが溶けていた。空と一つになったような夏の海でさえ、水の表面が空の青に染まっただけのように、どこか淡い青色である。そして、ここは水の果てに異国の島影が幻のように浮かぶ、閉ざされた海なのでもあった。

遠い水平線と長い地平線、道東の旅では目を上げると、いつもそのどちらかが、そこに横たわっていた。網走と斜里の間には、遠音別岳《おんねべつ》、羅臼岳《らうす》、知床岳といくつかの山頂が並ぶ知床半島が海へおちていった先の水平線と、広大な地平線とが一続きのようにうつるところもある。

原生花園と呼ばれる自然の花畑は、この水平線と地平線を背景に咲きこぼれる花々でうまっている。ほとんどが北海道の海辺や山野で見られる草花で、一本一本が大地に生え、大地からまっすぐに水を吸いあげている。低いながらも木の株をもち、枝に咲くのはハマナスとセンダイハギくらいのものだろうか。開いた小さな花が実を結ぶと、なんの障害物もない平地をかけぬける風が、すきなだけ種をまきちらす。そうして、目を見張るほどの花の群落がつくられる。

エゾスカシユリの無邪気なオレンジ色、アヤメの濃紫、ハマナスの紅桃色の花と柿色をした蠟細工のような実。エゾキスゲの黄は、さわやかなレモンの黄色である。これらの花は、どんなに群れ咲いていても華美という感じからは遠い。どの花も優しげな花弁に、水彩の淡さをにじませているからだ。そして、それは、あのオホーツクの海の色によく似合う淡さでもあった。

私は、まだ、冬のオホーツクを見たことがない。道東の寒さに身をさらしたことがない。といえば、この北国のほんとうの姿を知らないわけで、これは小さな駅名を見落としていたというようなことではすまない。けれども沿岸の花々が、短い夏に、秋に、一刷毛《ひとはけ》の色となって群がり咲きながら浅い夢を見ている姿は、長い冬を向こうにおいてみて、はじめて慕わしく思われるのである。

（『ロマンの旅　北海道』収録　一九七七年　世界文化社）

Ⅱ

戦争に遭った子どもが見たもの
――わたしの戦争体験と戦後教育――

戦いの終りの日

夏の外光を背に室内にとびこんだわたしは、一瞬なにも見えない闇の中にいた。押し黙る人の気配がして、やがて影のように大人たちの背中がいくつも見えてきた。土間には近所のおばさんたちが頭をたれて並び、黒光りする板の間には、いつも横になっているこの家のおじいさんが、杖にすがっている。みんなは立ったまま、ラジオの声に聞きいっていた。それは細く、とぎれるかと思うと、高く低く波を作って続く。わたしは子どもの頭で知っている限りの言葉に置きかえようとするが、ひと言もわからない。ただ、その場の異様な雰囲気から、なにか重大なことを訴えていると察して、小さいからだをかたくしていた。

沈黙が破れ、だれかが戸を開け放った。

「戦争、終ったんだよ」

わたしの方にかがみこんでささやいたおばさんは、泣き笑いの顔だった。

「うん」

わたしはわけもわからずにうなずいて、まぶしい外に出た。戦争が終わると、どうなるのか。七歳の子どもには、きょうまでと違う明日が思い描けない。それでも、この疎開生活はもうすぐ終わる、父や母のいる家へ帰るんだ、と思うと、うれしくなって、火山灰がまじる白い砂浜へかけだした。

そこは北海道南部の漁村、白老《しらおい》の浜だった。この敗戦の日のちょうど一か月前、わたしはここから四十キロばかり離れた室蘭から、祖母のもとへ疎開してきた。いや、戦火に追われて逃げ出した避難民としてやってきた。

太平洋を北上して重工業都市をねらい撃ちしてきたアメリカ艦隊の攻撃を、北海道で最初に受けた町が室蘭だったのである。一九四五年七月十四日、空母から飛び立ったグラマン戦闘機が港内にいた海防艦や汽船を急襲。炎上した船は沈没し、四十数人が戦死している。翌十五日は、工場めがけてうちこまれた艦砲射撃の砲弾が市内いたる所で炸裂した。

わたしの家は、父が日本製鉄に勤めていたので、輪西町の工場の近くの社宅だった。室蘭の街は太平洋につきだした半島の付け根から港を囲む突端まで、平坦な場所はほとんどなく、山坂が重なり合って、いくつもの谷や沢に家々が一かたまりずつ町内を作っている。戦争末期、この谷間の崖をくりぬいた防空壕があちこちに作られた。ハッパをかけて大きく掘った穴蔵は、子どもの冒険心を誘いもしたが、出入り口をふさがれたときは危険な壕であったことが、あとで証明される。横穴式が間に合わない所には、コンクリートの大きな土管を運んできて並べ、上に土を盛り、開いた口のそばに土塁を築いて目隠しにした。

十五日の朝、わたしは家の勝手口から、はだしでもとんでいける、そのコンクリートの防空壕にはいった。父と母は家の中の畳をはがして運び、床に敷いたり出入り口にたてかけたりした。それから、ふとんにもぐった子どもたちの上にまで重い畳を置いた。

「つぶれるよう」

「苦しいよう」

姉とわたしは何度も訴えたが、取り合ってもらえなかった。

午前九時半をまわったころ、ドォーンという音がして、坂下のあたりからの地響きが伝わった。風を切ってなにかが飛んでいく音、また地をゆるがす爆発音が続く。

「ね、なにしてるの」

と、母に聞く。父はさっき、会社へ出かけていき、母はまだ二つにならない下の妹を抱いて、奥の出口をふさいだ畳の前にいた。

「あれは、ね。高射砲をうってるのかもしれないね」

谷間の空を見上げると、山の頂に高射砲の黒い影が見える。それは敵の飛行機がきたときに、迎え撃つ味方の軍備であるはずだ。少し前に、夜になって敵機が来襲したとき、サーチライトが幾条も空に線を描いた。あの夜は撃ち落とせなかったが、いまは映画で見たように、Ｂ29がくるくると空を舞って落ちたのかもしれない。ドォーンという音がするたびに、わたしは都合のいい場面ばかりを思い浮かべ、不安にたえた。

突然、重い物がはねる音がして、母が背をもたせかけていた畳が揺れ、壕の上の土がさらさらと流れこんできた。倒れかかる畳を、母は必死で押しもどす。

「だいじょうぶ。少し、土がくずれただけだから。さ、もっと畳かぶって、じっとして」

頭を出した姉とわたしに、母はいった。けれども、壕の中にはりつめる緊張感で、母の声はふるえていた。

ひゅるるるる、と風を切っていくのはなんだろう。外では、なにかとても危険なものが荒れ回っている。

「ねえちゃん、センソーだね」

「うん、センソーがきたんだよ」

姉と手をにぎりあって、恐怖心をしずめようとする。やめて！　撃たないで！　わあっと声を上げたくなる。でも、戦争なんだ、これが戦争だ、じっとしていなくちゃ。

重い畳の下で、からだがしびれ、頭の中もぼんやりしびれてきた。

長い、長い時間が過ぎたような気がした。ようやく音が間遠になり、ひっそりと途絶えた。外で、人の話し声がする。母は、むずかり始めた妹を背中にくくりつけて出ていった。わたしたちも、こわごわ、足をふみだした。朝、晴れていた空は、煙幕を張ったようにくもっている。大人たちの話から、わたしは「カンポーシャゲキ」という言葉を聞き出した。空襲といえば、まず飛行機が現れて、空から爆弾を落としたり機銃掃射を浴びせたりするものと思っていたから、意外だった。見えない敵が撃ってくる砲弾は、長い距離をとんできて落ちる。地面には池ができるほどの穴があく。ほとんどの砲弾は、この谷間を越えて、向こうの町や工場に落ちたようだ。わたしは大人の話に身ぶるいした。

家の玄関で、わたしは子どもの掌ほどの破片を拾った。ガラスを割って、はね返ったらしく、金属のぎざぎざで手が切れそうだ。さっき、母の上に倒れかかった畳の裏にも大きな手斧のような破片が、ざっくりとつきささっていた。

「まあ、もう少しで、これが母さんの心臓にささるとこだったんだね」

母は、恐ろしそうに、いった。

一時間あまりの攻撃で、町は変わりはててしまった（後に明らかにされたアメリカ側の資料では、一千発以上の弾薬を費やしたと記録されている）。工場に沿って走っている鉄道は、あちこちで断たれ、水道管もこわれてしぶきを上げていた。町の人が見慣れた五本煙突は真ん中の一本が倒れ、その下で亡くなった人も出た。横穴防空壕の入り口に直撃を受けたところでは、中での悲鳴を聞きつけて掘り出しにかかったが、入り口付近の人しか助けられず、たくさんの人が窒息死した。わたしの級友も家族といっしょに壕にはいっていて、全員生き埋めになっている。

水は出ない、電気もこない夜、わたしは防空壕に寝かされたが、ひもじさと恐ろしさと、何より昼間の興奮で眠れなかった。父は、工場内で砲弾の中を逃げ回り、運良く無傷で帰宅したが、青い顔をしていた。最後まで職場にとどまるようにという指令を守った電話交換手が建物の下敷きになったのを、鉄かぶと一つで掘り出した、と話した。父と母は、闇の中で長いこと、何か相談をしていた。

わたしたちが住む谷間は、いつもはひっそりしているのに、あふれるほどの人が歩いていた。隣りの町から山越えをして、汽車の通っている町へ逃れていく人たちだった。わずかな荷物を持ち、幼い子を背負い、老人の手を引く女や子どもたちは、十五日の午後から夜になっても、あとからあとからやってきた。少しでも早く、一歩でも遠くへ、追われるように急いで行く。砲撃のあと、アメリカ軍が上陸してくるという噂や、特攻隊が敵艦隊に体当たりして敗走させたなどという話が町に流れたらしかった。人びとは何よりも身に迫る危険を感じ、生き延びようと群れをなして移動し始めたのだった。

翌朝、わたしも母に連れられ、居残る父に送り出されて、白老へと歩きだした。国民学校二年生だったわたしは、教科書や筆箱をつめたかばんを離さず持っていた。たどり着いた土地に、そのまま預けられ、戦いの終りの日を迎えたのだった。

「平和」という言葉を知らない少国民

わたしの戦後は、幼いながらも直接耳にした〝玉音放送〟から、たしかに始まった。

その日を境にして、小さな漁村にも組まれていた戦時体制は解かれ、わたしは二度と空襲にさらされることはなかった。

けれども、その後もずいぶん長いこと、わたしは戦時の子どもだった。たとえば、飛行機の音は、どんなにかすかでも聞き分け、どの方角から近づいているのか、察知した。社宅の空き地で、石けり遊びに夢中になっているとき、高い空を渡る音にびくっとして、物陰にかけこもうと身構えるのは、わたしだけではなかった。飛行機の航跡が描く飛行機雲というのも、美しいと感じるより、なにか忌まわしいものとして早く消えてしまうようにと願う癖が残った。

このころの生活を覆っていたのは、なによりも飢えだった。わたしたち子どもは、遊ぶというよりも、野山をうろついて口に入れる物を探し回った。クワの実、グミ、皮をむいたイタドリの茎、秋にはコクワや山ブドウ。沢の流れにはいってつかまえたザリガニは、ストーブの上で赤くなるまで焼いて食べた。野ミツバやヨモギを摘んで帰ると、母が喜んだ。配給のトウキビを布袋に入れて背負い、山一つ越えた町へ行って、ドン（ポップコーン）にしてもらうのは、わたしの役目だった。

よその家のカボチャを盗んだことがある。まだ小さくて熟していないとわかっていて、畑からもぎ取ってきた。さすがに、母のいる台所へは持ちこめず、わたしは妹たちを集めてママゴトを始めた。七輪と小鍋は台所から運んできて、切れないナイフで料理する。早く形をなくして食べてしまわなくちゃ。塩を持ち出したかったけれど、海水を煮つめて作る塩も、その頃は貴重だった。ほんのり黄色い、味のないカボチャを、貝殻の皿にのせて出したとき、妹たちは目を輝かせた。

「ほんとに、食べられるの」

「食べてもいいの」

ママゴトでは、草の穂をむしったごはんや葉っぱのおかずを、口へ運ぶまねをするだけだ。そこへ出た、本物のごちそうだった。

「いいよ。一つずつだよ」

みんなは、おそるおそる口に入れた。だれも「おいしい」とは、いわなかった。

このときの自分を思い返すと、わたしは胃の底に貪欲な大口をあけている魚が一匹棲んでいたような飢えの実感に襲われる。それはママゴト遊びなどで鎮めることのできない、狂暴な飢えだった。

一方で、わたしは良い子であり、正義感にも燃えていた。あるとき、担任教師が授業中にわたしを呼んで、これから家に帰って、とってきてほしい物があるといった。それは、配給のたばこだった。スポーツ選手の父は酒もたばこも好まないので家では押入れの棚に少しずつためてあった。母は、ときどきたばこを紙に包んで、わたしに持たせた。担任教師は少しとしをとった男の先生だが、相当なたばこ好きだったのだろう。そばへ行くと、衣服にしみこんだたばこの匂いが、わたしを包みこむ。父からはかいだことのない、その匂いを、わたしは嫌いではなかった。

でも、授業が終ってもいないのに、家まで使いに走るのは、いやだった。わたしは、ふくれっ面で外に出た。わたしの家は学校から一番遠い地域にあり、片道三十分以上かかる。息せききって、わたしは学校の坂を下り、国道へ出て、社宅の入り口へきた。そこから、また急な坂を上がる。泣き声とも、うめき声ともつかない声をあげながら、家にとびこんだ。母がびっくりした顔で迎えた。

「困ったね」

母は、押入れをかきまぜながら、いった。

「こないだ遊びにきたおじさんたちに、あげてしまって、一つもないよ」

そして、かわりに煮豆の缶を二つ、新聞紙に包んでくれた。帰り道はのろのろ歩いた。もう授業は終っている。早く学校を出た一年生が帰ってくるのに会った。先生の期待の品物ではない缶詰は重くて、投げ捨ててしまいたいくらいだ。そのとき、わたしの中にふくれ上がって爆発しそうになった感情、それは不当なものに対する反抗心の芽生えだった。

わたしたち子どもが戦時体制の中で「少国民」と呼ばれるようになったのは、〝紀元二六〇〇年奉祝祭〟のころからと思われる。それは愛国心を鼓舞し皇国史観に立った聖戦に立ち上がるように仕向けた行事で、一九四〇（昭和一五）年に行われた。満州事変は一九三一（昭和六）年、わたしが生まれた一九三七（昭和一二）年七月には、北京郊外の盧溝橋で日中両軍が衝突し、やがて日中戦争へと拡大する。戦争の中に生まれ育つことになったわたしは「紀元は二千六百年」という歌の切れはしを覚えているし、その後も続々と作られ歌われた少国民向けの、かん高く速く勇ましい歌をたくさん耳にした記憶がある。

奉祝祭の翌年三月、それまでの尋常小学校が国民学校に変わり、少国民はここで軍国教育を受けることになる。戦争遂行のための教育は、まさに管理教育で、大義名分を掲げているだけに徹底したものだった。わたしが国民学校にはいったとき、そこには重苦しい、ぴりぴりした空気がはりつめていた。そして暗い暴力の場でもあることを、わたしは知っていく。髪をきりっと結んだ女の先生が、屋内運動場で男子生徒の坊主頭を柱にぐりぐりと押し付け、叱りつけているのを見たのが最初だった。

忘れ物一つしても、教室から追い出された。見せしめとして、廊下や校庭に立たされる。わたしも一度だけ忘れ物をして立たされた。前の授業で描いた図画の紙は、次の時間にその裏を使うことになっているのに、返された紙を家に置いてきてしまったのだった。

少国民は、常に兵隊さんのように規律正しく、気を引きしめて励まなければならない。そして、軍隊同様、危険な反抗心は摘みとられるのだった。

それでも、わたしはまだ型にはめられずに済んだ。なんといっても小さかった。年齢が一つでも小さい方が、軍国教育の影響を免れることができた。わたしの姉は一九三四（昭和九）年の早生まれで、尋常小学校に入学し、国民学校へと切り替わる。妹は四一（昭和一六）年生まれ、四三（昭和一八）年生まれと続き、一番下は戦後の四六（昭和二一）年生まれである。男子出生が何より喜ばれた時代、父も母も女ばかり五人の子は肩身が狭かったという。

戦後教育の新制度がスタートしたとき、姉妹の学年は、みごとに六・三制に合致していた。姉だけは高等科か女学校かという旧制の選択をし、結局、男女共学の新制中学に吸収され、新制高校を出て就職という道を歩いた。わたしと三人の妹たちは、新しく敷かれた義務教育の課程を終えて共学の高校へ、そしてそれぞれが志望する大学に進んだ。小・中・高を一斉に卒業し、一斉に入学する。父は戦後、日鉄を辞めて教師をしたり燃料会社にはいったり不安定な暮らしを続けていたから、母は子どもたちへの仕送りのために、おじの焼鳥屋の手伝いに出た。

そのころ、飢えや物資不足から立ち上がった大人たちは、生活を守る必死の姿を子どもたちに見せていた。だれもが貧しかったが、国の復興、再建という目標があった。そして日本の将来に希望があるとすれば、新しい民主教育を受けて育つ子どもたちこそがそれを実現してくれるという、大人の期待が教育の場にも溢れていたと思う。

戦後教育は、占領下の政策でも重要な柱となり、アメリカ教育使節団がやってきて、改革されていく。わたしは教科書の墨ぬりもしたし、初めての給食に舌鼓も打った。固形燃料のような形の干し肉を、鉛筆を削った小刀で切り分け、キャラメルほどの一切れをしゃぶったこと。乾燥リンゴ、乾燥バナナなど、いったいこれは何だろうと、もとの形もわからなかったこと。オレンジジュース一缶を学級の全員に飲ませるため、太い注射器を持ち出した先生もいた。わたしたちは口を開けて並び、先生が押し出す汁を受ける。あっという間にのどの奥に消えていった味が忘れられなくて、後年、あれこれと外国ジュースを買いあさったこともある。

ザラ紙のノートには、ケイも引いてないので、定規をあてて書かないと、文字の列は曲がってしまい、苦労した。「新かなづかい」が発表されたとき、わたしはまだ小学三年生だが、生徒に渡される印刷物はなく、先生が黒板の端から端まで規則を書き、それをせっせと写した。くる日もくる日も、勉強といえば、その書き写しで、あきあきしてしまったのを思い出す。

「青空教室」というのは、全国のあちこちの校舎が焼けてしまった学校で、とりあえず外で授業を始めたのを指していった言葉だ。わたしの学校は艦砲射撃の被害もそれほどでなく、もとの教室で勉強できた。それでも、先生はよく野外へ生徒をつれ出した。防火用水の回りに陣取って、用水の上に渡した厚い板を机がわりに本を広げる。板のすきまから、ボウフラが泳ぐ黒い水が見える。このときの光景が、わたしの「青空教室」として灼きついている。空にも、町にも、戦争を思わせるものは消えて、頭上はどこまでも青い天だった。わたしたちは手足をのばし声を限りに騒ぐ。それでも先生は笑っている。そんな時と場所にわたしがいるなんて思いがけないことだった。戦争の時代に生まれ育った子は、戦争がずっとずっと続くと思いこむ。戦争のない世界に行ったことがないのだから、「平和」な世界があるということを知らない。戦争が終ったとき、訪れてきた世界を指していう言葉さえも知らなかったのだ。

大人たちの解放の思想を受けて

わたしは家から五分もかからない所に新しくできた中学校にはいった。木造校舎の廊下は粗末な材質のせいか、生徒がかたまって歩くと、重みで沈みこんだ。音楽室や体育館がふえ、グラウンドが整備された。校庭に植えた木は、伸び盛りの生徒たちの背を追い越していった。

伸び盛りといえば、あれほどの飢えの中で食べる物も食べないで育ったのに、わたしは中学二年から三年の間に十センチ以上も背が伸びて一六〇センチを軽く越えてしまった。「ノッポ」だの「電信柱」だのといわれるのがいやだったわたしには、悩みが増すことではあったけれど。

中学校の教師たちは、若かった。師範学校を出た先生でも二十代、高校を卒業したばかりの代用教員は十代だった。兄か姉のような先生たちは、クラブ活動に熱心で生徒たちといっしょに過ごすのが楽しくてたまらないようだった。父が円盤投げの選手だったのに、運動神経が鈍いわたしは体育が苦手で、本ばかり読んでいた。クラブ活動はコーラス部、放送部、生徒会に関わった。

戦後の教室に、それまでにない目新しさではいってきたものの一つは「選挙」だった。学級委員や生徒会の役員を一人一人の投票で選ぶということは、子どもたちにとっては、驚くような変化だったはずである。

それより前に、わたしは担任に指名されて、副級長をしたことがある。通信簿をもらった日だったか、学期の初めだったか、胸につける布製のマークを手渡され、その学期の役目をいい渡される。いつも級長は男の子、副級長は女の子だ。そして、この二人は優等賞などと同じように先生が決めるものと、だれもが思っていた。

こんどからは学級委員をみんなで選ぶことにしますといわれたとき、白い紙切れにだれの名を書いたらよいのか、とまどった。その一票がどんな意味を持つのか、選挙の仕組みがつかめない。だんだんわかってきたことは、学級を動かしていくのは委員になった生徒ではなく、みんなの意志であり、みんなが主役だということだった。

わたしは、正直いって、ほっとしたのを覚えている。なぜなら、それまでの級長や副級長は、朝礼や授業の初めに、列の前へ出て全員に向き合って、号令をかけることになっていた。だが、学級委員は自分の席にいて、みんなといっしょに先生に向かって、あいさつのきっかけを発すればよいのだ。先生の代理役から生徒の代表にかわったことが、はっきりわかった。わたしは、やっと自分に返ることができたようで、うれしかった。

中学校の生徒会は、この自覚に磨きがかかってきて、会長・副会長・書記長・会計の四役は自分から立候補する。演説会を開き、推薦責任者が応援演説もする。昼休みには教室や廊下を練り歩いて街頭演説を気取った。それは明らかに国政の場で実現した総選挙の方法をとり入れた子ども版選挙で、選挙管理委員会もあった。ついでにいえば、高校の生徒会では、会長選挙だけがあり、当選した会長は副会長以下の役に自分がいいと思う人を指名、執行部を作る。内閣を組織するのだ。わたしは誘われれば引き受けてしまうお人好しだったらしく、中学と高校で、どちらも副会長の役を果たした。

生徒会活動が盛んだったのは、教師が熱心だったからでもある。戦前の「修身」にかわって「社会科」が登場し、「ホーム・ルーム」の時間には、生徒中心の話し合いが行われた。教師たちは、学校の中で新しい社会の仕組みを学ばせようとし、やがては社会の構成員として自立できる人間を育てようとしていたのだろう。新しく制定された「憲法」にうたわれている基本的人権、自由と平等、権利や義務について学ぶとき、それは先ず大人にとって解放の思想となっていたのだ。わたしはなぜ先生がそんなに熱心に教科書の民主主義を説くのかわからなかったが、いまになって自分にしみこんでいるものの大きさに驚く。大人が変わろうとして目ざしている理想の社会に、わたしも目を向けようとしていたのだろう。

中学三年の担任だったN先生は、黒いワイシャツで教壇に立つ、一風変わった国語教師だった。短歌の授業で、茂吉や啄木の歌のあと、思いついたように自作の歌を黒板に書き流した。その歌の中の言葉か、解釈してくれた言葉か、はっきりしないが、わたしの中に「網走の霧」という語が印象づけられた。N先生は貧しい生い立ちを語り、師範学校にしか進めなかったこと、思う道に行こうとすると、生まれ育った網走で周囲に立ちこめた深い霧が現れ、前途を見えなくする、その混迷を歌ったのだといった。高校受験を前にして、わたしは受験勉強に身を入れようとしても焦るばかりだった。望みはあったが、一直線に進もうとすると、自分は何になりたいのか、どこへ行きたいのか、わからなくなる。わたしの前にも霧が立ちこめていた。

わたしは手当たり次第、本を読み続けていた。友人の父親の本棚から、分厚い文学全集を一冊ずつ抜きとってきてもらったり、近くの小さい本屋の棚から文庫本を探してきたりして、渇きを癒していた。N先生が貸してくれた本は、それまで小説一辺倒だった、わたしの読書に異変を引き起こした。それはA・S・ニイルの『問題の子供』『問題の教師』などのシリーズだった。

いま手元にある『恐るべき学校』は、のちに古本で手に入れたものだが、これを開いてみると、刊行当時（一九五〇年）、ニイルの自由教育が、戦後民主教育に重ね合わされて歓迎されたことがわかる。欧米には、自由を基調とする独自の実験教育を行なってきた学校がたくさんある。心理学者、精神分析学者であるニイルがイギリスに開いた学園もその一つで、権威と抑圧と恐怖を取り去れば、子どもたちは自律的な生活や学習を獲得していくという実践の成果が示されていた。

N先生は、今の学校教育では真の人間教育は不可能だといい、ニイルの自由教育を理想においているようだった。わたしは、本の中にある学園の自治会の話し合いの場面は、みんなのびのびと楽しそうにしていると思った。だれでも、ほんとうに行きたいときだけ学校に行き、勉強したいときだけ勉強するのなら。ニイルの学園は、それができるというので、周囲の人たちから「恐るべき学校」と呼ばれているのだった。

せめて、子どもが自分の行く学校を選べるなら。国民学校入学に始まって、疎開や転校など思いがけない混乱に落とし入れられてきた義務教育の九年間、わたしには別のコースなど考えることもできない道だった。けれど、高校や大学は、行きたい人だけが選んで行く。わたしは勉強したいことを決めて勉強しよう。そう思うとやっと少し、霧の向こうに太陽がにじんで見えた。

わたしは道立の普通高校にはいった。室蘭の端から端へ汽車通学することになった。四駅とはいえ、帰りのすいた車輛で本を読めるのが、うれしかった。

二年生の一学期、制服が白い夏のブラウスになって間もなく、通学の沿線が騒がしくなった。汽車は東室蘭を出て室蘭まで、片側はほとんど工場群を見て走る。その中の日本製鋼所で争議が始まったのだ。

戦時中は軍需工場として増産のかけ声も高く動いていた工場は、敗戦とともに一時は閉鎖された。だが、産業再開の時期はすぐにやってきた。朝鮮戦争（一九五〇～五三年）では完全に息を吹き返し、特需景気が日本全体を潤した。しかし、休戦のあとのデフレ政策で、雇用情勢は悪化し、日本製鋼所も多数の人員整理案を出してきた。組合側は主婦組織や青年行動隊を作って、解雇通知を返上し強制就労する。会社は工場閉鎖で応酬する。デモが繰り返され、応援の人波があふれた。

通学列車は通勤列車でもある。「団結」と墨で書いたハチマキ姿のおじさんたちが乗りこむと、いつのまにか列車を遠まきにしたおばさんたちの列から、かけ声がかかる。赤旗が揺れ、歌声があがる。いつも発車寸前の車輌にとびこむ癖のわたしは、溢れかえる工員さんたちのすきまに割りこむ。ある朝は、デッキに足もかけられないでいるうちに発車のベルが鳴った。

「よう、そこのねえちゃん、置いてかれるど。乗れ、乗れ」

頭の上にさし出された男の手にとびついて、わたしは引き上げてもらった。

「ガンバレヨ」「団結かたく……」、そして拍手。盛大な見送りだ。汗くさい人たちにもまれ、動悸を感じているうちに、わたしの中にこみ上げてくるものがあった。働くこと、生きること、そしてたたかうこと。この町の労働者は、鉄を溶かす熱さを持っているのだ、と思った。

秋になっても、争議は続いていた。ハチマキ姿の人の顔はけわしくなり、子どもをどなる声が響いた。家計は苦しくなり、社宅地区の商店は休業するところが出てきた。百日を過ぎたとき、団結が崩れた。第二組合ができたのだった。

わたしには、日鋼社宅からきている友だちがいた。いっしょに帰る道で、彼女がぽつんといった。

「けさ、家を出ようとしたら、靴がなかったの」

庭先に脱いだサンダルが空き地に捨ててあったり、洗濯物に泥がついていたりする。彼女の父は第二組合に参加したわけではないのに、なにかの仲裁にはいってから恨まれているのだ、という。

「弟たちはね、あんなイヌの子なんかと遊ばないって。みんな、こないだまで仲良しだったのに」

会社との争いには家族が引きこまれる。大人のけんかに子どもがまきこまれる。悲しいといっていられない。でも、この怒りと憎しみは、ほんとうは何にぶつけたらいいのか。わたしは、友だちの嘆きにうなずくだけで、答えられなかった。

その年の十二月も押しつまってから、争議は終結した。一九三日もの長期闘争だった。

安保闘争の嵐

地方から大都市へ、どこよりも東京へと人が集まりだしたのは、昭和三十年代も後半のことだが、その初期に、わたしも学生になって上京した。大学は目白にある女子大学、専攻は家政学部児童学科を選んだ。児童心理学を学びたいと思ったのは、ニイルの著作などを読んだ影響かもしれない。

そのころの女子大には、関東大震災にも耐えたという古い建物が健在で、わたしは木造二階建の寮にはいった。建物同様、古きを重んじる寮生活は、北海道の野育ちのわたしには驚くことばかりだった。

炊事当番というのがあった。ゴマを炒って擂るようにといわれたわたしは、大きなすり鉢をなんとか固定させて、いい加減擂り上げた。と思ったら、そばの上級生にいわれた。

「あなた、ゴマはアブラが出るまで、擂るものよ」

そして示された鮮やかな手つきは、いまも、わたしがゴマ擂りにかかるとき、思い浮かんでくる。万事が得難い経験だったと思うが、二十歳そこそこのわたしは、向学心に燃えていて、こんなことをするために東京へ出てきたのかと、親戚の家の部屋が空いたのを幸いに一年で寮を出てしまった。

わたしはサークル活動では、学生新聞部に籍を置いた。文学部の学生とまじりあえたし、それぞれ個性的な人が多くて面白かった。新聞部に集まる学生は、どうやら女子大への不満を抱えている危険分子とみられているらしかった。その見方は伝統的なもので、遡れば、平塚らいてうにまで行きつく、とわかってきた。わたしは女性史に関心が高まり、授業よりも熱心に勉強した。わたしたちは「先輩を訪ねて」というインタビュー記事を企画し、だれよりもまず、らいてうに登場してもらった。そして、らいてうの大きさを知ったのだった。

児童心理学を学ぼうと思った大学で、私は児童文学に気持ちが傾いていった。やはり文学が好きだと思いきめてからは、迷わなかった。同級生と好きなことを書く雑誌を作ったり、他大学と横のつながりがある会へ出ていくこともした。学外の同人誌『だ・かぽ』の会に入れてもらったのは、卒業間近のころだった。それから、長い長い文学修業が始まった。

一九六〇（昭和三五）年、現代史の転換点になったといわれるこの年に、わたしは大学を卒業した。四年制大学を出た女子には就職試験の機会さえなく、その不満を学生新聞に書いたこともあったが、いまのように耳を貸すジャーナリズムもなかった。

かろうじて女子の受験を認めてくれた大手出版社の入社試験では、受験した女子は全員落ちた。縁故のある人が決まっていたという噂だった。行き場のないわたしを拾ってくれたのが「学生問題研究所」である。御茶ノ水のビルの一隅を借りて、元東大総長の矢内原忠雄氏が所長となって開いたばかりだった。マス・プロ大学といわれるようになった大学で、ひとりひとりの学生が抱える問題を探り、調査や提言をしていくのが目的だった。直接、学生と向き合う相談の窓口も設けられていた。

この年の学生問題といえば、それは政治行動をおいてはなかっただろう。安保改定阻止闘争は、前年の秋から少しずつ激しくなり、全学連は先頭を切って走っていた。より過激な行動をとる派が主導権を握っていく様子だった。

もちろん、六十年安保闘争は学生たちが起こした羽田空港ロビー占拠や、国会突入事件だけで記憶されているわけではない。自民党政府・岸首相によって、アメリカとの合意で改定へとこぎつけられた新安保条約に、日本の将来への不安を読みとり反対を表明した人、強引な国会運営に異議を申し立てた人の数は、空前絶後の国会請願数となって残っているはずだ。

春から夏、日本中が政治の季節に投げこまれたように、沸騰した。特に、国会での強行採決のあと、このままでは新安保条約が自然成立してしまうという事態になったとき、国民の怒りは頂点に達し、民主主義を守れという大衆行動に発展した。わたしも児童文学の仲間とデモに参加した。いっしょに下宿していたすぐ下の妹は、学校へ行くよりも日比谷周辺へ行く日が多いようだった。

六月十五日、この日の統一行動は早朝や就業時の職場ストで始まり、午後には国民会議の請願デモが国会周辺で行われた。新聞は、地方から上京する人もまじえて、婦人団体、文化団体、労組員、学生が十万人の規模で参加するだろう、と報じていた。

その夜、妹はなかなか帰ってこなかった。不安になったわたしは、ラジオをつけて驚いた。騒然とした実況ニュースが、女子学生一人死亡と伝えている。真夜中近く、下宿の電話が鳴った。知らない人の声で、妹が日比谷の病院にいるという。下宿のおばさんがたのんでくれた車に乗り、わたしは催涙ガスの立ちこめる都心へ急いでもらった。

妹は重傷だった。足を骨折し、土気色の顔や腕にも擦り傷があった。国会構内にはいり、敷石をはがした跡につまずいて倒れ、折り重なる人の下になった。だれかが車に運んでくれて、次に気がついたら病院だったという。朝を迎えたとき、騒擾罪が適用になれば逮捕されるかもしれないといわれ、応急手当しかしていない足をかばいながら、下宿に近い中野の病院に移った。

この日から、わたしと妹の日々は一変した。複雑骨折した足はなかなか、なおらなかった。病院を転々として手術をしなおす妹に付き添い、救援本部へ行き、新聞で見たといって尋ねてくる見舞客に会う。社会人になったばかりのわたしは、仕事の一方で抱えこんだ家族の用を夢中で果たした。たくさんの人がわたしたちを支えてくれた。

妹は病床で、次から次へと本を読んでいた。大学にはいって二年目の手痛い体験だったが、あの日のデモに参加したのは、自分の強い意志によるものだった。一年生の秋に安保阻止の学生運動に出会うまで、妹はサークル活動をするわけでもなく、友だちもできず、つまらなそうにしていた。その妹が、いつのまにか『マルクス＝エンゲルス全集』を買いこむ闘士になっていたのだった。一年半後、彼女は復学した。

時代から受け取ったもの

戦後五十年という地点に立ってみると、安保闘争はわずか十五年目のできごとである。その年、わたしの学校教育も終っている。物心ついてからこのときまでにわたしが見たもの、わたしの中に形づくられたもの、のちのちまで根となったものを探りたいと、この稿を進めてきた。

同時代人という言葉がある。その同時代を狭く限定して、戦中から戦後にかけて子ども時代を過ごした人を、わたしは「同子ども時代人」としてみたい。そのひとりひとりに興味がある。無力な子どもとして戦争をくぐりぬけ、戦後の教育や価値観の転換の中で、自分自身をつかむことを強く願いながら戦後を生きた人たちだろうと思うからだ。時代からわたしが受けたと思っているもの、それを、この人たちと照らし合わせてみたいのだ。

一人は、樺美智子さんである。わたしはあの六月十五日の夜、日比谷へ向かう車のラジオでその名を聞いた。存在を知ったとき、不幸にもその人は物言わぬ人になっていた。いや、当時、わたしは妹のけがが「樺さんに次ぐもの」ときかされても、上の空だった。追悼の催しにも出たことはない。遺稿集は読んだが棚の奥深くしまいこんだ。なぜか、わたしの青春とともに封印してしまった。

『人知れず微笑まん』（三一書房）を開いてみた。樺さんは一九三七年一一月、東京生まれ。なんと、わたしは同年九月生まれだ。歳下と思っていたのが、急に肩を並べた同級生になる。満四歳を迎えてすぐ、太平洋戦争開始。ご両親は先を見ぬいていたのか、すぐに一家で沼津に疎開している。幼稚園から国民学校へ。新制中学の一年まで、ずっとそこで育った。

母親の光子さんの文章によると、一家はすっかり土地になじみ、友だちもたくさんできていったという。畑の中にポツリと建った家で機銃掃射を受けたとき、光子さんは「子供たちを集め、家の一番中心と思われる所にフトンをかぶってじっとかたまって敵機の去るのを待」った。おかっぱ頭の美智子さんが、フトンをかぶせられ、息を殺しているのが見える。子どもは、どこでも、いま加えられるかもしれない危害におびえ、身を縮めているしかなかった。美智子さんの沼津の家は七月十六日に空襲で焼け、わたしは同じ日に穴だらけになった社宅を出て、疎開地に向かっている。

「家の焼けたあとに小麦をつくり、さつまいもをつくり、家のほうには、にわとりを飼い……（略）南京豆をはじめ、豆類、トマト、ナスなどの野菜類をつくり、とくにウドは秀逸の出来映えでしたが子供らの手伝いもまた大変でした」という光景。この作物の豊富さは温暖な沼津の自然が恵んでくれたのだろう。北海道の社宅の庭では、じゃがいも、豆、ビート大根くらいしかできなかった。それにしても、光子さんのような学者の妻も、わたしの母のような会社員の妻も、鍬を握り、肥え桶をかつぎ、子どもたちの口に入れる物を必死で作っていた。その温かな食べ物を、美智子さんもわたしも、たっぷりの愛情としてのみこんで育ったのはたしかである。

遺稿集には、小学生のころの日記、中学・高校時代の作文や詩、浪人時代に友人に宛てた手紙などが並ぶ。「おカシの、はいきゅうをとりに行った」り、「ターザンのえいがを見た」りの小学生の日々は、全くわたしと同じだ。だが、中学生の彼女は、ぐんと背のびして「社会主義について」という社会科のレポートをまとめていて、驚く。

二つの世界の対立が第三次世界大戦を起こすのではないかと、真剣に憂え、その大戦の背景にある資本主義社会と社会主義社会について「徹底的に知りたいと思う。何も知らないで、また戦争に巻き込まれるのはいやだ」と、子どもの決意を述べている。

高校三年でのアンケート回答にある「書物」の項目は、美智子さんの読書傾向がつかめて面白い。ここで粟田賢三編『社会主義と自由』(岩波新書)をあげているが、このころ、盛んに読まれた本だ。わたしも日鋼争議のあと、社会科教師に導かれて読んだのを思い出す。

同じ書物の項に「宮本百合子の小説、評論」をあげ、「百合子を研究すること、これが趣味になるかもしれません」とし、「生涯の」と添えてあるのには胸を打たれる。

樺美智子さんは童話作家になっていたかもしれないと思いたくなる材料もある。中学生のときに書いた「小さなコックさん」の、台所での活躍は楽しい。国語のレポートのテーマは「小川未明」で、この作家を調べる資料が少ないのを嘆いている。「童話は文学とはいわないのだろうか。……子供が文学に親しむかけ橋である童話に、もっと力を入れるべきではなかろうか」と書く。わたしが大学生のころ、感じていたことだ。

生活は貧しく、つつましく、心は強く真直ぐに育っていく少女。それは、その頃の少女たちに共通する心情を含んでもいる。母親光子さんは「美智子は私と非常に仲良しでしたが、根本において異なった性格が一つあった」とし、「それは美智子が自然よりも人間に興味を持ったということでした。決してどんなに美しい自然を見ても、それによって心のなやみが、癒されることはなかったらしく思われます。人間の生活、人間の社会ということに興味を持ちこれを科学的に考えるということも、深く人間を愛する気持から生まれている」と書いている。この指摘は、わたしにもあてはまる。共通の傾向を同時代の友人に発見することもできる。

樺美智子さんが、国会前で死の二時間前に学友と腕を組んで小走りにかけている写真がある。右手は男子学生の腕にかけ、左手で小さな包みを胸の上に抱えている。中身はハンカチ、ちり紙、財布、手帳の類いか、身の周りの物だろう。いや、それは小さな彼女自身、二十二歳までを大切に生きた短い人生であるように見えてくる。少しくもった表情のどこかに、戦争をくぐりぬけた子どもが抱く無暴な力に対するおびえが走っているような気がしてならない。それでも、彼女は学友とつながった腕をはずそうとはしなかった。そのまま、日本の戦後を走りぬけていった。

もう一人、書きとめておきたい人は佐野美津男さん。『浮浪児の栄光』を書いた児童文学者である。一九三二年、東京生まれ。集団疎開組であった彼は、敗戦の年の三月、上野駅に帰ってくる。前夜の大空襲で壊滅した町の光景が十二歳の少年に与えた衝撃は、はかりしれないほど大きかった。浅草にあった家は焼け、両親と姉二人の行方はわからないまま、家族全員の焼死の証明書が出たところから、この作品は始まる。

松戸の親戚を出た「おれ」は、まず焼け跡に行く。戦時中の金属供出にも出さなかったベエゴマを掘り出し、子どもの夢の跡にたたずむ。死ねば家族のもとに行けると思いつつ、浮浪児の群れに身を投じる。上野から山谷へ。スリ学校の校長に見こまれ、人ごみで仕事をしたとたん逮捕。小田原の少年院へ送られるが、仲間と脱走して熱海へ。銀座へ舞い戻ってからは靴磨きだ。ここには花売り娘、パンパン、米兵、ヒロポン中毒者などが登場し、戦後風俗がにぎやかに展開する。収容と脱走をくり返す

「おれ」は、ついに手首をカミソリで切って自殺しようとする。「おれ」は、ひたすら家族を追いもとめ、現実からの逃走を続けているのだ。

佐野さんと出会ったのは、わたしがまだ女子大の学生だったころ、『小さい仲間』の同人の集まりに出入りしていたときのことだ。集まりはたいてい古田足日さんの部屋で、話が白熱すると、みな口をとがらせてよくしゃべった。わたしはいつも気後れして隅で見守るばかりだったが。早大童話会の糸でつながっている鳥越信、神宮輝夫、山中恒といった人びとが、ガリ版刷りの『小さい仲間』に、情熱を傾けて書いていた。だれもまだ文章では自立できず、中学や定時制高校の講師をしたり、看板描きの特技をいかしたり、雑多なアルバイトを持っていた。

佐野さんは何事にも縛られず、一番自由な人に見えた。たしかそのころ、胸を悪くして清瀬で療養所生活を送り、彼のいうシャバへ戻ったところだったからだろうか。彼は病人には見えなかった。議論になると、相手を打ち負かすまでやめようとしなかったし、そのときのいたずらっぽい目つき、わかっていて我を張るようなところは、なかなか大人になれない子どものようだった。

常に時代の前衛であり、闘争の詩人であろうとしている佐野さんを、わたしは少し離れて見守っていた。五つ年上でも、恐ろしいほどたくさんの体験をくぐってきたように見える彼、「練鑑ブルース」に思いをこめて歌う彼、皮肉が鋭い彼に、わたしは縮み上がることが多かったからだ。そして、佐野さんの方から見れば、わたしは山の手のお嬢さんたちが行く学校の学生であり、優等生くささがつきまとう、からかいの対象にもならないヤツではなかったか、と口惜しい。

『浮浪児の栄光』が三一書房から出版されたのは一九六一年。初版のあとがきには、あの主人公のいきいきとした浮浪ぶりとは少しちがった、自分へのこだわりを語る言葉がある。

「死ぬことができなかったブザマな自分。これは何事もなし得なかったというのと同意義だと思います。……（略）ヤクザにさえなれませんでした。……（略）しかし、いまからでも見ることは出来るし、死ぬことも出来るのだと考えたとき、それはあの安保闘争のさなかだったのですが、ぼくはこの『浮浪児の栄光』を書き始める決意をしたのです。ところが途中で、つまり安保から一年を経て、また、ぼくは『死なない』『見えない』自分を感じてしまいました。平和すぎるからです。」

焼け跡から歩き出した佐野さんが、十六年後に、自身に戻ろうとして書いた作品が『浮浪児の栄光』であったことを教えてくれる。しかも、その思いを遂げる契機として安保闘争があったことは興味深い。

さらにこの文章の終りには「あとがきのあとがき」もある。「一億玉砕などといいながら戦いに負け、死ぬことも出来ず、ただダラダラと生きてきたのは、おれひとりでは絶対ない」と。

この切りつけ方、このセリフは、わたしに佐野さんの肉声を蘇らせる。そればかりではない。その声に重なって、わたしより年上の昭和ヒトケタ生まれの少年少女の声が聞こえてくる。佐野さんは、その後、浮浪児体験だけが一人歩きするような世間の反応にいらだってか、この本を自分から冷遇したという。一九八二年、小峰書房版として生き返ったとき、彼は戦後を生きた自分自身を一層鮮明にする「あとがき」を加えた。そして五年後、五十四歳で逝ってしまった。

わたしが『浮浪児の栄光』を読み返しながら思ったのは、集団疎開児童の「おれ」に代表される戦中戦後の子どもたちが、半世紀以上も引きずってきているもののことである。それは、幼ければ幼いほど、無意識の層にまで沈着してしまった「傷」といえるのではないか。

いや、「傷」といういい方は、傷つけられたという被害者意識に結びついてしまう。子どもは、たまたまその時代に生まれ、戦争に遭遇しただけのことかもしれない。ただ、どんな戦争でも、目的遂行のためには、個人を尊重しているヒマなどなくなり、子どもの自発、自主、自立の芽生えを一斉に摘みとる近道をとる。

だから、子どもの内側では、戦争は勝敗と無関係に、抑圧として受けとめられる。そのとき、子どもの外側にあった戦争では何が行われていたのだろうか。内側で感じ続けていたことをはっきりさせるためにも、わたしは戦争の体験にこだわり続けたいのである。

佐野美津男さんが、わたしに遺してくれたと思えるような言葉が、新版の「あとがき」にある。
「わたし自身は、自分の家族が戦争で死んだから、そして自分が戦災孤児として不幸だったから、その体験にもとづいて戦争に反対するなどといったことはない。『浮浪児の栄光』にも、そういうふうな、いわゆる被害者意識はもちこまなかったはずである。（略）被害者意識は、なぜよくないか。それはまず第一に、戦争に対する責任をあいまいにしてしまう。

あの戦争、わたしの家族四人が死んだ戦争は、仕掛けられたものではなくて、仕掛けたものであり、私の親もきょうだいも、そしてわたし自身も、戦争には賛成であった。日本人はすべて、戦争の加害者だった。」

子どもを含めて加害者であったという視点を得て、わたしたちは、やっとほんとうに自分の「傷」に向き合える。他人の「傷」を感じることもできる。

もういちど、わたしが子どもだったころに立ち返るなら、迫りくる戦争の時代にも、敗戦の混乱にあっても、大人が注ぎかけるまなざしに応えようとしたのが、わたしたちだった。そして、子どもは大人の責任を問う側から、やがて、次代の子どもに問われる側へと回っていく。

戦争の時代に根を持つわたしの世代は、子どもであったからこそ見えた戦争の事実やありのままの体験を伝えようとしてきた。わたしが書いてきた作品の多くは、そのテーマに縛られている。わたしには、半世紀の歳月を経ても、そこへ戻って考え、学び直さなければならないことがたくさんある。何よりも人間の悲惨を刻んだあの戦争、核の使用を許した戦争の終末から、わたしたちはまだ解放されていないと思えるからである。

(『さまざまな戦後』第一集収録　一九九五年六月　日本経済評論社)

『あたらしい憲法のはなし』で学んだ民主主義

『あたらしい憲法のはなし』復刻版の表紙を見たとき、わたしは記憶の中に一条の光が射すのを感じた。ページをめくると、見覚えのある図柄が何枚も出てくる。たとえば、地球の回りにさまざまな民族の服装をした人たちが手をつないで立っている絵。これは、いまならありふれた構図だが、戦時中、国民学校で〝鬼畜米英〟を教えこまれていたわたしには、はっとするほど目新しいものに映った――そのことを思い出したのである。

「戦後の子ども史略年表」(中野光著『戦後の子ども史』金子書房)をたどってみると、憲法が施行された一九四七(昭和二二)年の項には「ラジオ連続放送『鐘の鳴る丘』が始まった」と記され、続けて「文部省『あたらしい憲法のはなし』を編集し小中学生に頒布」とある。そのころ、まさに小中学生だったわたしたちの年代の記憶を掘り起こしたくなって、友人、知人に聞き回ってみた。

わたしの同期生は一九四七年当時、小学四年生で、五〇年に中学校にはいっている。この本に出会ったのは小学生のときだったのか、中学生になっていたのか、わたしにも定かでない。生まれ育った北海道室蘭市でいっしょだった友人で、はっきりした記憶を持つ人はいなくて、それどころか、この本を教科書として習ったことはないと言いきる人が大勢だった。

大学で知り合った友人にも尋ねた。東京都港区立三田小学校を出た友人は、小学五年か六年で習ったと答えてくれた。その友人の夫は同年で、東京都大島郡で中学時代に、熱心な社会科教師から教わったそうだ。もう一人、この本が生まれた年に中学一年だった福島県生まれの男性も、授業で習ったという。また、一九四六（昭和二一）年四月、群馬県立前橋高等女学校に入学し、その後、新制中学、高校へと切り替わるなかで学んだ知人は、復刻版を目にしたとき、もう一度憲法を学び直そうと買い求めたそうだ。友だちに聞いても、この本を使った授業があったかどうか、はっきりしないが、社会科の先生が口を開けば「ガバメント・フォア・ザ・ピープル」と繰り返し、彼女たちはその先生に「ガバメント」と、あだ名をつけたとか。憲法が背景にある授業風景が思い浮かぶ。

ところで、わたしの場合、同期生が覚えていないというのに、なぜ記憶にあるのだろうか。中学三年の担任で、いまもなにかと教えを乞うているN先生に、機会をみつけて尋ねた。

「あの本はね、先生方はみな持っていたけど、生徒には渡さなかったと思う。ぼくの本には隅に穴があけてある。ひもを通して教室の壁にぶら下げておいたんだ。」

先生は、こともなげにいった。わたしにはぶら下がった本のイメージはないが、たしかに表紙ははげていたような気がする。それを読んだ可能性は大いにある。この小冊子の生命は短くて、二、三年使われただけというのが通説だ。一九四九（昭和二四）年には『民主主義』という立派な教科書が整っている。しかし、これも一九五三（昭和二八）年までの使用だった。時代が急速に展開していたからだろうか。一九五〇（昭和二五）年六月に朝鮮戦争が起こり、警察予備隊令が公布され、教育現場にも時代の風が吹きつけてきた。平和憲法の理想を高らかにうたい、子どもたちに民主主義を諄々と説いた時代は、こんなに短かったのか、と思う。それでも教室の壁に本は残り、その本で学んだ子どもたちの胸の内にも消えずに生き残っているものがある。

『あたらしい憲法のはなし』との出会いは、わたしに「憲法」と向き合う、最初のきっかけを与えた。「主権在民」「三権分立」「基本的人権」そして、自由と平等。民主主義の実現にかかわる根本の考え方が、ここで、まっさらな中学生の頭にはいりこんだのは、たしかである。けれど、憲法を教科目として学ぶだけでは、実感は得られない。このことはいつの時代でもそうだろうと思う。生活の中でしみいるようにして理解できなければ、それは言葉にすぎないから。

そのころの大人たちが仕掛けたことだと思うが、小学校上級から中学校にかけて盛んだった試みに、「子ども郵便局」「子ども銀行」「子ども議会」「子ども裁判」などというのがあった。たとえば「子ども郵便局」が学校で開かれる日には、局員が鞄を下げてやってきて、一日限りの局員の仕事に就く生徒を指導する。廊下に長い机を並べ、窓口に座るのが生徒なら、客も生徒、全校生が参加した。一番緊張したのは預金係になった子どもだ。なにしろ、本物のお金を受け取り、数え、出し入れするのだ。預けた子どもも、自分の名前が記された本物の通帳をもらうのは初めてである。毎回預金できるほど親からお金をもらえる子は少なかったし、積み立てたお金は学用品代に回されたり、親に返したりという結果になったが、どこかで自立心をくすぐられたような気がする。

「子ども議会」「子ども裁判」でも、議場や法廷の形式をまねていたが、ねらいは形や役割を学習するなどというところになかったのが面白い。子どもは形にとらわれず、いいたいことをいった。たとえば、雨が降ると、校庭がぐちゃぐちゃになって、歩けない。水たまりができないように直してくれるか、だめなら長靴をたくさん配給してほしい、などと。そんな子どもの発言に熱心に耳を傾けようとした大人が多かったし、子どもも背のびして大人に追いつこうとした。だから、民主主義とは国民が主体になって国を治めていくことだと聞けば、その国民の中には当然子どもも含まれている（まだ選挙権がなくても）と、わたしは思いこんでいた。

このころ、大人たちは、特に女性は初めての選挙権、被選挙権を行使する国会議員選挙を経験している。そして、子どもの世界にも選挙が浸透した。学級委員も校友会役員も、立候補から投票まで、選挙の手続きをなぞって決められるようになった。わたしの中学校では、学級から選出される委員を代議員と呼び、その代議員が集まる代議員会は、重要な議決機関だった。ここでは、アドバイザーの教師と議員の生徒が互角に議論しあったりしたが、代議員などという呼称をつけたのは、やっぱり教師たちだったろうか。

N先生は、このときの若くて熱心な教師仲間のことをよく語ってくれるが、その教育精神の基本にはやはり新憲法があり、「憲法の精神を生活にあてはめて教育の現場に下ろす」努力をしていたという。教師たちは、生徒に向き合うだけでなく、父母にも働きかけた。やがてPTAが生まれてくるが、それ以前に大人自身が民主主義を学び合い、実践しようとしていた時代が、そこにあった。いま、ふり返ってみると、当時の新制中学は校舎も設備も何一つ整っていなかったのに、学校全体が息づいていたように思われる。生徒も教師も新時代の空気を吸って、のびのびと自分を主張した。

教育の場にまかれた戦後民主主義という種が芽を出し、育ち始めていたのだろう。少なくともわたし自身は、背後に伸び育つその若木と競うようにして成長した十代があったと思っている。

高校を卒業した春、わたしは東京の学校を選んで上京した。四年間の大学生活を終えて就職したのは一九六〇（昭和三五）年、日米安全保障条約の改定を前に、日本中が揺れていた。アメリカの核の傘の下で、戦争に荷担するような道はとるまいという反対運動が高まった。それは、戦後史の中で、もっとも身近に憲法を引き寄せ、解釈し、その精神を生きようとした瞬間だった。わたしも初めてデモに参加して政府の押しつけに反抗し、そして傷ついた。いや、傷を負ったのは、まだ大学一年の妹で、六月十五日の国会突入に加わり、警官隊ともみあう人たちの下敷きになってしまったのだった。病院を転々とし下宿を替え、妹とわたしは、この衝撃から立ち直るまで数年かかった。そのとき知り合った人、支援を申し出てくれた人たちは、日本を自立した平和な国にするため、憲法を護るという信念に従い、それぞれが身を持って行動していた。

ある朝、ラッシュアワーで混む中野駅のホームで、わたしは待ち合わせたひとりの女性から、一包みの卵を受け取ったのを思い出す。あとで知ったことだが、彼女は季節病カレンダーを作った科学者で、妹にぜひ見舞いをといって、くださったのだった。あの卵はとても大事な意味を持っていたのかもしれない。自分たちの行動はまちがっていないと思える力強い励まし、いっしょに日本の将来を選択しようと言う連帯、時代の中でその人が大切に生きてきた意志。いまになって、わたしは彼女に託されたものの重みを、ずしりと感じる。

憲法の公布・施行から半世紀、正直に言えば、わたしは『あたらしい憲法のはなし』に出会ったことさえ忘れかけていた。現行憲法は、わたしにとって、生活の中で、たとえば人権にかかわるできごとなどがあると、必ず照らし合わせる拠り所である。憲法を護るというが、いまでは私たちの暮らしが憲法に護られていると実感する。何より戦争に命をさらすことなく、戦後を五十年以上も生きてきたのだから。

憲法第二章第九条「日本国民は……永久にこれを放棄する」と言明された戦争否定の誓い。わたしの中には、この一文に深く肯く幼い子どものわたしがいる。戦争はいつも正当化され、不可抗力のものとしてやってくる。けれども、わたしたちは、どんなに小さい子どもでも、戦争にはＮＯ！　といえるのだ。

子どものころ、弱者として戦争を経験したわたしは、戦争放棄の思想の中に弱者を抱えとる思想を発見する。それは全ての人のＮＯ！　という人間の権利に応える思想である。

日本国憲法の理想である平和を、わたしたちは求め続けられるだろうか。理想の実現は、ひとりひとりがこの思想を生きぬき、国際世界に平和が根づくことにかかっている。

（山口洋子編著『51年目のあたらしい憲法のはなし』収録　一九九七年一一月　洋々社）

Ⅲ

水に沈む

埼玉県の西秩父《にしちゃっ》に住む友人に案内されて、ダム造成中の合角《かっかく》のあたりを歩いた。四月の終り近く、山吹が咲きこぼれ、草は地を覆いはじめ、見上げる谷間の全体がことしの緑に染まっていた。

友人は、この数年、谷川沿いの村びとに、この地での生活や人生の諸々の思いを語ってもらい、聞き書きを続けてきた。百歳の老女から三十代の男女まで、住み慣れた土地を去らなければならない人たちには思い尽きないものがあるのだろう、ときに饒舌、ときには言葉なく戸口を閉ざされることもあったようだ。

わたしは、彼女の記録に興味を示してくれた編集者のW氏といっしょに、初めてこの谷間に足を運んだのだった。

「多目的ダムというけれど、いま、ほんとうに必要なのかね」

「リゾート計画の中に、おかれているんでしょ」

W氏とわたしは、家々の跡形も消された道筋をたどりながら、胸にたまってくる疑問を吐いた。友人が、いった。

「でも、ここにいて一生働いてもできない大金を手にして出ていった人が多いんよ」

そう、ここは日陰の村だった。一日に数時間しか陽の当らない土地に暮らしてきた人たちに、ダムは陽を当ててくれたともいえる。その恩恵のかわりに、人びとの胸に行きつ戻りつした迷いや祖先への思いが、この谷に置き去られ、埋められ、消えていこうとしている。

水に沈む――形づくられてあったものの全てが、降り積もっていた〝時〟が、そして目の前に葉を出し花をつけている一木一草が。いとおしいそれらのありのままを記すことは、止みがたい行為と思われてきた。


（文藝家協会ニュース　四七八号　一九九一年六月）

わたしの中の室蘭

海

海を見に行くとき、胸躍る思いを味わうのは、水が目に映る一瞬である。遠い海鳴りが聞こえはじめるあたりから、少しずつ高まってきた期待の波が、どんと激しく突き上げられて、海面が揺れながらとびこんでくる。あるときは漁師小屋の小屋と小屋との間に、ちらちらと幻のように海は現われ、あるときは一挙に水が視界を切りひらき、地球のへりまで押し広がる。

小さいときに、瑞之江の山から御崎《みさき》を見おろす道で初めて見た海は、そこにそんなにもたくさんの水がたたえられているということで、わたしを驚かせた。三角の積み木を一列に並べたような外観を持つ工場と煙突の群れの向こうに、大小の船を浮かべて、海は小刻みにはずんでいた。夕焼け色の港だった。金色の水が一条の道となって、防波堤の外へ出ていき、大黒島《だいこくじま》のわきをまっすぐにぬけて、燃え落ちようとしている夕陽へと続いていた。その道を渡っていけたらと、考えないほうがふしぎなほど、りっぱな、輝く海の道だった。

イタンキの海も、わたしは崖の上から見るのが好きだ。鶴崎中学校の前を通って、丘へ登る道を、いつも、さいごには小走りにかけ上がる。胸躍るあの一瞬を、少しでも早くつかみたいために。

晴れていれば、青い水平線が遠くから浮き上がってくる。なだらかな丘の下に、ゆるく弧を描いてのびる海岸線がなつかしい。一層高い崖の上に立つと、砂浜にいる人や犬が、びっくりするほど小さい。前面にはるばると寄せてくる波の響きと胸の轟きとが一つになり、海が身内に溢れはじめる。太平洋の明るさは、人の胸の翳りを払い、海を見る幸福感で満たしていく。

「海を眺めるとき、海というもののどんなところが、まず、われわれの心をうつかといえば、それは、彼女がなんら驚くに足るべきものをもっていないことである」と書いたのは、ジュウル・ルナアルだ。この言葉に出会ったとき、わたしは、その平静な感動に驚いた。ルナアルの海は、庭先にたたずんでいるかのように気軽にしている彼の足もとへ、向こうからまるで泳ぐようにやってくる。海の大きさ、広さ、豊かさを彼は手ですくい、愛してやまない。やはり、海を見る幸福が、彼にこんな言葉をつぶやかせたのだと、わたしは思う。

山

小学校の三年生か四年生のときだった。わたしは、谷間の高台にある大沢小学校の教室の窓際で、初めて室蘭岳という山を知った。山といえば、だれでもが描く丸い稜線をそのまま形にしたようなこの山は、家の縁側からいつも眺められ、わたしはこの山を見ながら大きくなったといってもよいほどである。しかし、この山にほんとうに出会い、この山がわたしの内にはいりこんだのは、そのときからなのだ。

その日、わたしは当番の掃除を終えて、教室の窓を端からしめていった。さいごの窓の戸に手をかけ、ふと目を外へ向けた。青緑色の山が雲一つない空の下に、静かに横たわっていた。わたしの背後には、みんなが帰ったあとのがらんとした教室の沈黙がある。

山は、急に大きく目に写った。山が在ったんだと、わたしは思った。ずっと、こうしてここに在り、これからも在るのだ。当然のことが、そのときなんとふしぎであったことだろう。驚きであったことだろう。わたしは、かすかな痛みのようなものを感じた。

それは戦争が終わって、二、三年目の夏であった。室蘭岳は、たしか敗戦間際ににわか作りの飛行場の工事をしかけ、それが放り出されて、中腹のあたりに赤茶色の傷を残していた。それでも、山は、傷など気にかけていないように見えた。

バケツの水を捨てにいった友だちが帰ってきて、声をかけた。わたしは、あわてて戸をしめた。それから、黙って友だちと肩を並べて校舎を出、坂道を降りた。

あのとき感じたふしぎな驚きと痛みとは、なんだったのだろう。一言でいえば、わたしは、ちっぽけな自分を発見し、その自分とは関わりなく山が存在することに驚いたのだ。それは、なにも室蘭岳という山でなくともよかったのかもしれない。しかし、もし富士のように秀麗な山であったり、アルプスの峰々だったりしたら、わたしはそのみごとさに圧倒され、遙けさに心を遊ばせて、むしろ人間の卑小さにほんとうは気づかず、山を見る幸福にいっぱいになってしまったかもしれない。

室蘭岳の平凡さは、ただ、そこにじっと在るものの意味といったものを、子どものわたしにつきつけていたような気がする。そして、その意味を見定めようとして、わたしは、いまも、あの山の姿を心に焼きつけている。

浜辺

四年前の夏の朝、わたしは、イタンキの浜辺を歩いていた。太陽は、空の高みをめざして昇りながら、残り少なくなった八月のエネルギーを惜しみなく降り注いでいた。

浜は、コンブ干し作業の真最中だった。近くの漁民が家族総出で働いている。父親と母親とが水底から引き上げたコンブを、小舟に盛り上げて漕いでくる。波打ち際で待っていた子どもたちは、潮で赤くさびたリヤカーを、舟の脇に横づけにする。リヤカーは水をしたたらせて砂浜に運ばれ、陽の光を浴びたきれいな茶色のコンブは、子どもたちの胸にかかえられる。中学生から五つ六つの子どもまでが、コンブ色のはだかの体をぶつけあいながら、争って干し場へかけていく。わたしは、やけた砂の上の筵《むしろ》に、ながながとひろげられたそれをふまないように、とんで歩く。朝早く干したコンブは、もう黒くちぢれかかっている。

その夏、わたしは父母のいるわが家へ帰って、四十日ほど、ペンを握っていた。『鉄の街のロビンソン』という作品を書き始めていたのである。作品は、一向に進まなかった。滞在の予定が終わろうとしているのに、やっと、初めの部分が四十枚ほど書けただけだった。しかも、それで、この作品の文体がつかめたとは思えなかった。

わたしは、この朝、東室蘭駅に東京行の切符を買いに行き、その足で浜辺へきたのだった。コンブ干しの人たちから少し離れた流木のそばに足を投げだしてすわると、焦りと疲れで、体全体がこわばり、固まっているように感じた。スケッチブックを開いてみるが、あたりの光景はもう何度か描き写し、頭の中にもしまいこまれている。わたしは、ぼんやりと水平線に目をやり、自分に何が足りないのか、何がつかめていないのか、問うてみる。

そのとき、半分閉じたまぶたをつきぬけて、頭の中に、輝く太陽の光がぐらりとさしこんだ。わたしは首をまわして、浜辺の人たちを見た。みんなは働いている。わたしの作品の中で、あるときそうして働くように働いている。彼等は、もう作品の世界にいる。これは、まるで現実そっくりではないか。

フィルムの陰画をすかして見ているうちに、一瞬、紙に焼き付けた陽画をまざまざとみつけるように、わたしは見た。現実の光景の内に、あの作品の光景が現われ、現実が反転して虚構に変わるのを。

わたしは、目の前に展けた世界をうっとりと眺め、同時にそれをほんとうに自分のものにできるかと恐れ、不安を抱いている自分に気づいた。けれども、このときから、わたしの中の室蘭に、奇妙な現実感をただよわす浜辺の瞬間写真が加わったことは、たしかである。

（ポケットむろらん　一九七三年一〇月号）

時の彼方の水平線

水平線が真っ直ぐな線ではなく円いものだと知ったのは、いつだったろうか。太平洋に面した室蘭という土地に生まれたわたしは、あきるほど海を眺めて育ったのに、子どものころは、水平線に目を注ぐより浜辺に打ち寄せる波のさまに目を奪われていた。かなり大きくなったあるとき、高い崖の上から海面を見おろす位置で、初めて水平線が円みを帯びて見え、そこが地球のへりであるという実感をもった。

近年にわかに室蘭の観光名所として浮上した地球岬の宣伝文にも「円い水平線が見えます」とあって、わたしは遠い日の実感を結びつけてうなずいてしまった。地球岬の名はアイヌ語からで、チ・ケ・プ（われらが削った物、チケウ→チケウェと転訛）と呼ばれていたらしい。そこは地名通りの断崖絶壁と、白亜の灯台と、海霧の季節には海上に湧き立ち逆巻いて吹きあげてくる冷たい霧とが印象的な場所である。そして、ここでわたしが述べようとする『室蘭むかしむかし　チケウの海の親子星』の舞台でもある。

この創作昔話を書いた前田享之《たかゆき》さんは、地球岬に近い母恋の町に生まれ育ち、一九七七年に三八歳の若さで亡くなった。室蘭の高校から千葉大学へ進み、教師を志しながら心臓を病む身となって、卒業を断念し帰郷。その後、市立室蘭図書館に勤めた。郷土資料室に回った彼は、地方史研究の原動力となって、郷土資料を掘り起こし収集整理する仕事に心血を注ぐようになつた。屯田兵として入植した古老の話を聞き書きして『室蘭屯田兵』をまとめ、昭和二〇年の空襲・艦砲射撃の被災記録を作る作業にも着手したのだった。

室蘭出身の作家八木義徳氏が北海道新聞に『海明け』（一九七七年一月—一〇月）を連載した折に、図書館の資料の山の中から適切な文献や写真を取り出してきたのも前田さんで、八木氏はそのことを感慨深げに他の小説に書きこんでいる。室蘭の歴史を究めようとする多くの人が、前田さんに助力を求め、その誠実さに支えられた。だから、前田さんの早世は、どんなにか惜しまれたことだったろう。

前田さんが地方史研究に残した業績については全道的にも評価されているようで、それを述べるのは適任者にゆずって、わたしは一つだけ記したい。前田さんは研究者であると同時に図書館員として、資料をみんなのものとして一人でも多くの市民に興味を持ってもらえるよう願っていたという。その実践の一つが、児童室にやってくる子どもたちに向けて「おはなし」の時間を持つことだった。子どもたちが生まれ育ちつつある土地の昔話を聞かせたい。だが、子どもにわかりやすく面白く昔語りのできる人も、使える話もない。そこで、自ら筆をとったのだった。歴史そのものを語ることから、やがて子どもの想像力に働きかけるお話を作る楽しさにのめりこんでいったのだろう。六篇の創作昔話が生まれた。

追直《おいなおし》の浜近くにあったという「たこ沼」に住みついたたこの話。蛇にねらわれて島から脱出する「二十日ねずみ」の冒険話。一〇〇年前の「屯田兵むかしばなし」。さらにアイヌ民族のコタンの生活や親子の愛を思いをこめて描いた「室蘭岳のニシンの雪形」「アフンルパロものがたり」「チケウの海の親子星」。どれも室蘭の地形や人びとの生活史をたくみに織りこんだ話である。児童室の子どもたちの顔を思い浮かべながら書いたと思われる、これらの話は、郷土を語り継ごうとした前田さんの思いが純粋に結晶したものだ。

わたしは、こんな想像をする。前田さんは地球岬の崖の上に立ち、自分のお話の世界に身を置いてみたことがあっただろう。そのとき、彼は円い水平線の向こうに何を見ていたのだろう。命短いと思い定めていたふしがあったという前田さんは、そこにあいまいな未来を求めようとはせず、明晰な昔の光をみつけていたのではないか。いきいきと時の彼方に目を向けて、歩いていったのではないか、と。

前田さんが歩み去ってから一〇年を経て、地方文化はいま一つの開花期を迎えたかに見える。自分を育んだ土地が語ろうとしていること、語り続けていること、それを聞きとろうとして耳を澄ませている伝承者のあり方を、前田さんのうしろ姿から学びとりたいと思う。

（北海道新聞　一九八八年二月一〇日）

前田享之さんの室蘭

北海道に生まれ育った子どもたちは、小さいときに、どんな話を語り聞かされてきたのか。どんな話に一番つよく揺り動かされ、胸に長く刻みつけて成長したのか。その「お話」は、人それぞれ、時代もまたそれぞれで、一様ではないだろう。

室蘭に生まれ育った私自身のことを思い返してみると、祖母の話――まだ若い娘時代に親につれられて富山県から移住し、虻田《あぶた》に〝上陸〟したときの話などが、やはり印象に深い。けれども、それは「お話」としての言葉を持たない個人の思い出話のたぐいである。

「むかし、むかし、あったとさ」という語り口で、遠い時間の連なりの向こうに誘われ、語り手も聞き手も現実世界を超えて想像の世界に遊ぶ「お話」を、身にせまって語ってもらったということが、残念ながら私にはほとんどなかった。それは祖母のせいではなく、北海道という地に、まだ根も生えていなかった、わが先祖の時代に、子どもの私もまた生きていたからではないかと考える。

『室蘭むかしむかし　チケウの海の親子星』のお話を書いた前田享之さんの子ども時代は、どうだったろうか。ちょうど一〇年前に若くして世を去ってしまった人に、いまは尋ねるすべもないが、ほぼ同じような時代と環境にあったのではないか、と思ってみる。前田さんは私より二つ若く、蘭西で生まれ育っており、学校もちがって、子ども時代を知ることはなかった。けれども、谷間の坂道を上り下りし、海を眺め、室蘭岳に向きあい、芽ぐむ春や海霧の夏を過ごし、冬の烈風にさからって歩いた、その成長の歩幅は同じだったような気がする。だから、私は、前田さんを、私自身に引きつけて語ってみたい。

前田さんが、市立図書館員として郷土史研究にたずさわるうちに、子どものお話を書きはじめたのには、いくつかの動機があったように思われる。

まず、郷土室蘭について史料で知り、古老の話などを聞くにつれて、これを次の世代へ向けて残したい、役立たせたいと思ったことだろう。前田さんは、高校時代から、はっきりと教師志望だったという。ちょうど、そのころ父親になり、自分の幼い息子たちに語りかけたい気持ちもつよく働いたのかもしれない。

研究者として緻密な仕事をした前田さんはどちらかといえば、史実に忠実に、考証を加えて知識を伝達するのが得意だったろう。図書館の児童室での最初の試みは、たしかにそのような方法で、地図の上に、先住者の生活を探っていく社会科の勉強のようだったと聞く。

けれども、子どもたちに向きあうようになった前田さんは、知識を伝えるだけでは足りなくなって、創作に筆をすすめていく。お話に聞き入る子どもたちを前にして、彼自身が子どもになってしまったのだろうか。想像力の羽ばたきに乗って、前田さんの室蘭昔話が生まれていった。

冒頭に書いたように、私は、そしておそらく前田さんも、その土地に伝わる話を何代もかけて語り伝えてきた昔話として、聞いて育ってはいない。しかし、私たちの生まれた土地には、アイヌ民族がのこしたさまざまな伝説があることは知っていた。

私は、たとえばイタンキ浜をなぜそう呼ぶのか、地名にまつわる「お話」を、小学生のころに父から聞いて、お椀《イタンギ》を燃やしてしまうほどの寒さと飢えについて、考えめぐらせたことがある。そして、おとなになってから、アイヌ民族が、地形の一つ一つに、細かい観察の目を注ぎ、生活の実感をこめて命名していたことを知って驚いた。狩猟と採集の生活が産んだ知恵、自然への敬虔さ、山野をめぐり空を翔け、天上と地下の世界へ到る想像力。アイヌ民族こそ、口伝えに、この北の大地を謳い、語っていたのだった。

前田さんが、郷土室蘭を子どもたちに語り伝えたいと思ったとき、豊かなアイヌ伝説がまず目の前にあったことだろう。ときには、ナゾめいた呪文のように思われる地名の由来、足で確めて歩けば一つ一つが伝えられる通りに見えてくるふしぎさ。伝説の数行をパン種にして、物語をふくらませていくのは楽しい作業ではなかったろうか。

当然のように、前田さんの作品のいくつかは、アイヌコタンを舞台にしている。「室蘭岳のニシンの雪形」「アフンルパロものがたり」「チケウの海の親子星」は、疫病や飢餓とたたかった生活を語る。ただ、そこで、前田さんは自然とたたかうたくましい生活力とか民族の力を描くよりも、人間の、特に子どもの素直な思いやりとか、家族愛に思いを託しているようだ。前田さんが本来持っている優しさや子どもたちへの信頼が、筆にのってあふれでてきたという感じである。

「たこ沼のはなし」や「大蛇になった二十日ねずみ」は、海辺の生き物たちが、いきいきと活躍していて、愉快だ。楽しむ作者に、親愛感が深まる。

最後の「屯田兵ものがたり」は、屯田兵やその家族の話を声のライブラリーに収めるなど前田さんが果たした大きな仕事から、自然に生まれた作品だろう。この人たちの声を、そのまま子どもたちにまで届けようとした熱意がこもっている。

おかしな言い方だが、前田さんは室蘭を主人公に書きたかったのだ。室蘭岳の雪形を、地球岬の金屏風を、マスイチの洞窟を、発電所があったエトチケレップの崖や蛇島を、その昔、水をたたえていたたこ沼を、物語の単なる舞台としてでなく、自然そのものを、自分の表現で捉えなおそうとしている。それらは、子ども時代から見慣れた場所にある島や洞窟なのである。前田さんは、お話の世界にそれを登場させようとしたとき、それらのものがそこにそのようにあるふしぎさにうたれたのではないだろうか。昔からそこにそのようにあったナゾをときたいと思い、書きながら新しく発見していったのかもしれない。それは、前田さん自身の室蘭発見ではなかったか。

そして、私たちは、子どもたちに語り聞かす、室蘭の「お話」を、やっと持てたのである。

（前田享之『室蘭むかしむかし　チケウの海の親子星』解説　一九八七年九月　袖珍書林）

原郷への旅

旅の帰り道で、後ろ髪を引かれる思いをしたことがある。古い形容だが、飛行機に乗って座席にもたせかけた後頭部をつかまれるように感じたのだから、そう表現するしかない。あとに思いが残って去るに去れない気持ちになったといえば、人か事件か、よほどの心残りと思われてしまいそうだ。しかし、私の場合は、訪ねた土地そのものが強い力で引くのだといえばいいだろうか。

最初の経験は一九八九年にインドへ行った帰路だった。たまたま知人の娘さんと空港でいっしょになって、並んで座席についた。ホコリにかすむ大地を離れるとき、私は前述のような引力を感じて茫然となった。それから彼女と、ぽつぽつと、それぞれの経験したインドを語り始めた。私はニューデリー周辺とガンジス河上流にあるリシケシュという町へ行っただけの二週間ほどの滞在だった。彼女は二度目の訪問で、じっくりと一か所にいたらしかった。最初はあちこちを回るツアーで来て、どうしてももう一度、ひとりでこようと思ったのだ、と。私にはその思いが、とてもよくわかった。長い空の旅の時間を、私は悶々として過ごした。彼女も同様だった。口を開けば遠ざかりつつある国への思いになったし、去り難い思いに胸がつまった。日本に着いても宙を踏んでいるようだった。幸い、私たちのどちらにも出迎える人はいなかったので、黙りこくって電車に乗り、降りた町の喫茶店にはいった。こんどは彼女と別れがたくなって、ぐずぐずと帰る時間を先延ばしにしたのだった。

二度目の経験は、ごく最近のこと。五月のスコットランドを訪ねた帰り、やはり飛行機に乗ったとたん、もの悲しい思いに襲われた。これは私の感傷にすぎないと切り捨て、逆に旅のハイライトだった素朴なスカイ島の野の花や羊の群れや岸壁に立つ城を思い浮かべたり、石炭の煙がしみこんだようなグラスゴウの街はどこか室蘭に似ていると考えたりして、醒めない夢の中に身を置いていた。心を奪われた土地から無理に身をもぎ離す辛さを、そうして避けていたのかもしれない。ところが、無事に帰宅して、一週間しても十日経っても、私は夢の中に漂っているのだ。時差による疲労のせいか、昼間、不意に睡魔にとりつかれる。近所の道を歩いていて、後ろに黒いつむじ風のようなものが巻き起こる気配がしたりする。ある夜は、その薄墨色（と感じる）の空気のかたまりが、ついに人影になって、私の寝ている部屋への階段を上がってきた。私は大声をあげ、夫に揺り起こされて夢からさめた。

このような経験を謎めいたものと受け取るか否かは、個人の趣味に属するような気がする。私は不可解なことや不可知の領域に心を寄せることはあるが、迷路の向こうに出口を探してしまう。いや、入り口で立ちどまってしまうのかもしれない。だから、たまたま訪ねた土地に後ろ髪を引かれても、それは私自身の中で起こったこと、想像力がもとになって作り出してしまったことと考える。

こんどの旅のあと、私はミシェル・ビュトールの「土地の精霊*」を引っ張り出してきて読み直した。三〇年前〝現代フランス文学〟として邦訳されたエッセイで、中部エジプトにある小さな町エル・ミニヤーに長期滞在することになったビュトールが、次第に土地の虜となり、深い影響を受けていく〝物語〟とも読める。若いフランス語教師として、エジプト政府の勧誘に乗った彼は、「〈中近東《オリエント》〉という単語を取りかこむあのかずかずの幻想の輝きに惑わされまいと努力し」「観光客用に維持されている絵のような景色にはけっして心惹かれまいとはっきり決意を固め」「結局は私にほとんどいかなる発見ももたらさぬだろうと予想しながら」、その地にはいる。そういう彼が見たものは何か、何が彼に起こったのか。

ナイル河流域、そこはビュトールにとって理解を超えた自然の広がる世界だった。彼は人間の住む領域の外に果てしなく続く断崖を見る。その断崖に登って、ついに連続のない境界線を確認する。そこから始まるのが「どこか別の星の大地とでもいうような、私たちがなにものでもなくなる空間」であり、「そこは神々と死者たちの領域だ」と。日常の場所の隣りにそうした聖なる領域を発見したビュトールは、視線を足下に広がる流域地方へと返し、地軸に直交する太陽の運行軌道をも理解する。太陽と月、ナイル河の恵みである黒い大地。その土地は、人びとが耕作し生産の地となったかと思えば水に没し、地名を与えようとしても、再び同じ姿では現れないのだ。

全てが束の間の生命のようでありながら、目にはいる一つの風景は、けっして消え去ることのないものを秘めているのだろうか。ビュトールは、エジプトで「その土地の道徳的・精神的風土、いやさらにまた歴史までも含めた巨大な、しかし眼に見えぬ全体」(解説)を意識するようになったという。

彼は率直に告白する。「この国に生活しながら、なんというか、自分が出生を忘れ、ヨーロッパ風教育を身につけたエジプト人たちのひとりとなったような、まるで自分がこの国に生まれ、幼いときこの国をはなれてフランスに渡り、こんどここに到着したのは帰国であったかのような気がして」「私にとってほとんど第二の誕生ともいえることが起こった」と。

このときから、彼の内部ではエジプトに育まれた核が活動するようになったのだった。

「土地の精霊」という言葉に魅かれて読み返したビュトールだったが、彼がその土地で見たもの、見ようとしているものは明解だ。土地が擁する巨大な全体に内在するものを、ビュトールは熱心に解読しようとする。精霊とは、その内部構造であり、解読された全体性そのもののことだ、という。

私は、異郷でのビュトールの体験に響き合うものを感じるし、そこで彼が第二の誕生を迎えるまでの精神の探検を興味深く思う。しかし、ふと、こんなことも考える。つまり、彼は土地の精霊によって彼の内部にあるものを発見したのではなかったか、と。世界という外皮に包まれた内側の芽は、異郷にあって身震いして目覚めることが多いから。植物の種の中で、周囲の水分や気温の変化によって引き起こされる目覚めと同じように。

私の場合は、まさにそれなのだ。インドでの最初の朝、道ばたで人びとが繰りひろげている光景に、私の殻は自然に割れてしまった。掘立て小屋のような家は表から裏まで見通すことができ、顔を洗う人、煮炊きする人、食べる人がいる。通りでは、ミルクの缶を運ぶ人、牛車を動かす人、木陰で新聞を読む人、散髪している男と客、頭上に荷籠をのせて歩く女性、赤ん坊を守りする少年、座ったままの老人、そして勝手に動き回る牛、馬、山羊、鶏、犬……それらが次々に映ってきたときの驚きを忘れない。暮らしの匂いを発散するものに、私はこよなく親しみを感じた。そしてふしぎに懐かしかった。

子どものころ、与えられた食べ物では満たされないひもじさを抱えて、暗くなるまで外を遊び回り、防空壕で星を眺めながら寝た、あの自然児のような私が目覚めたのだった。田舎道のサトウキビ畑は、トウキビ畑に重なってしまう。その丈高い、暗い茂みから出てきた子は〝私〟にちがいなかった。短い旅のあいだ、あちこちの場面で、私の中にむっくり起き上がるものを感じ続けていた。

スコットランドでは、私は一歩退いた旅人のつもりだった。なんといっても、そこはヨーロッパ、民族と民族とが血を流しあってきた歴史があり、容易にはいりこめない気がしたのだった。しかし、北海に開ける港町インバネスの近くの城に一泊したとき、私はよそ者ではいられなくなった。スチュアート城というその城の歴史を探ろうとしたら、少くとも二百五十年以上、さかのぼらなくてはならない。そのことは、城に泊った翌朝、尋ねたカローデンの広々とした原に立ったとき、身に沁みて知った。そこは、一七四六年、ハイランダーと呼ばれるこの地方の貴族たちが、スコットランド王家再興をかけて蜂起した、最後の戦いの地だった。スチュアート城の各室の壁には、このとき先頭に立ったプリンス、チャールズ・エドワードの若い肖像画が飾られてあったが、彼等は国王軍にたちまちにして敗れた。そのときから、スコットランドは文化的、経済的にイングランドに屈従を強いられることになったわけだ。

聞きかじった史実はなまなましかったが、低い草に覆われた古戦場は歩き回ってみても、あちこちにしみだした水や淡い色の野の花が目にとまるばかりだった。私は、ふと、日高かどこかの茫々とした谷地に立っているような気がした。

土地というものは、それが豊饒であろうと荒涼としていようと、そこに住む人間の精神の温床だと思える。だから、ある土地を訪ねて、その精神の一端にでも触れたとき、自分の心に電流のようなものが走る。私が土地の引力と思ったのは、それではないだろうか。

その上、私は旅先で、なぜこうも自分に引きつけた暮らしの光景や、故郷の草花と同種のものや、似た風景を重ねて思うのだろうか。私は何を求めて、旅に出るのだろうか。

一昔前までの旅には、未知の世界への冒険心からというのが多かった。私にも冒険心がないわけではないが、わざわざ身体を運んで行ったその場所で、ひたすら心の癒しを求めているような気がする。心が安らぐ故郷、自分の内部にあるものが目覚めてくる場所、それを「原郷」と呼んでみる。

考えてみると、いま、海外へとなだれを打って出かけて行く日本人――私もその一人にちがいない――は、無意識のうちに、この原郷を求めて世界をさまよっているのかもしれない。そして、原郷への旅が行きつくところ、もし、それが一つの土地と明らかに結びつくとしたら、私にとってその地は室蘭以外にはないと思われてくるのである。

（室蘭文藝　30号　一九九六年一〇月）

＊『現代フランス文学13人集』4収録　新潮社

原郷・「北方文芸」誌にみつけた言葉

古い雑誌を整理しようと思い立ち、これまで捨てがたかった文芸誌、終刊を告げた「海」や「展望」などを紐で括った。作家の追悼号や記念特集号も、今は整理された情報として探すことのできる時代かと、思い切りよく処分する山を築いていった。だが、商業誌でない類いのものになると、はたと手が止まる。たとえば「北方文芸」。私はずいぶん長いこと、この雑誌の読者だったと思い返す。

札幌で発行されていた「北方文芸」は、道内の書店で買うことができた。文芸中心の月刊誌を地方で出すのは大変らしく、編集人たちは刊行会を作ったり維持会員を募ったりして続けているようだった。私より世代が一つ上の昭和ヒトケタ生まれで、北海道をベースに活躍する人たちがリーダーだった。故郷室蘭を離れて進学した東京にそのまま住みついてしまった私は、この雑誌を通してホームグラウンドに繋がり、北海道の文学や時事文化に関心を持ち続けることができたのだった。

だれでも祖先を二、三代遡れば北方を目指してきた一家の移住に行き当たる、そんな道産子《どさんこ》の自分たちは、その地にどんな根を下ろしたのか。そこで何を産もうとしているのか。歴史と暮らし、さらには民族と国家にまで繋がる逃れられない大きなテーマを本気で考えぬこうという姿勢も、この雑誌のものだった。

さて今、たまたま手に取った一冊は創刊から五年目の第五十七号（一九七二年一〇月号）で、「北の詩——その散華的叙情の行方——」（高橋愁）という八ページほどの評論に目が停まった。北の歌人小田観螢や北大の風巻景次郎、和田謹吾の文章に北方の精神を探ろうという試みである。こんな表現がある。「北に向かってきた精神の二世三世が、今歴史の中にあらたな国民的精神をもって、そのうえでたしかに原郷をうみ、そこにためらいもなく埋没しようとする。」この筆者は、北とは何かと問いつめた上、風土に身を沈めることに期待と絶望とを併せ持っているかのようだ。難解な文章をこれ以上切り取っては不正確になるばかりだが、私に残った一語として「原郷」

を拾う。

その語は、近年、私が自分の中に結晶したものとして大事に育んでいる表現だった。「故郷」ではなく「原点」でもない。人それぞれがそこから出発し、やがて帰り着くはずの世界。地球上を旅する人は、たくさんの他郷を眺めた末に、どこでもない自分の原郷を心に灼きつけるのかもしれない。

私の中ではまだまだ熟さない言葉だが、「北方文芸」の評論にこの語が埋まっていたことには驚き、うれしかった。この論文掲載号の後も長きにわたって刊行され続けた「北方文芸」誌は、自ら耕した文化の地層に一つの鉱脈を残したのではないだろうか。地表近くに植物が堆積して長い歳月をかけてできる泥炭層のようなそれを、私たちは一鍬ずつ掘り起こして活かしていけるのではないかと、心こめて思う。

（芸術至上主義文芸　34号　二〇〇八年一一月）

Ⅳ

自分であること

ことしは、関東にも二月に一度だけ大雪が降りました。明け方から白くなり、夕方までひたすら降り積もる雪を眺めていたら、四十年も昔、わたしが蘭東中学を卒業した春、校舎の裏山や校庭を埋めていた雪のことを思い出しました。

そのころの中学卒業生がどんな進路を選んでいたかというと、実にいろいろでした。高校に進学する人は学級の三分の二くらいだったでしょうか。女子は男子より就職希望が多く、店員、事務員、家事見習などとはっきりしていました。住み込みで働くことにきめた友達の顔は、三月が近づくと、急に大人びて見えました。

わたしは普通高校へ行こうときめて、勉強の計画は組むのですが、その通りには実行できず、足元がふらふらしているのでした。生まれて初めての入学試験、もし失敗したら行く学校はないと、最悪のことを考えるのが受験生です。宙ぶらりんの毎日、じっとしていると、将来への不安がこみあげてきます。早く試験の日がきて、何もかも終ってしまえばいいのに、と思いました。外には重い雪が降っていました。凍りついた根雪が動かない運命のようにすわっています。目の前にあるその運命が、わたしにはつかめない……。

そのとき、わたしは雪の中にとび出してころげ回りたいと、心から思ったのでした。自分を抑えつけるものに耐えられない、はね返したい。自分は自分なのだ、と叫ぶものがありました。いま思うと、それはただ、雪の中をめちゃくちゃに走り回って、重苦しさから逃れたいという衝動だったのかもしれません。結局、試験の終った翌日、解放感いっぱいであの裏山の坂道をころげ回ったのでしたが、少しも冷たくはなく、熱いとさえも思えた雪の感触は忘れられません。

高校進学が当たり前のようになっているいま、中学校から高校への枝分かれの道は、大げさな運命などとは関係なく、ただ運できまるといっていいのかもしれません。それでもわたしは、十五歳の春に将来を見つめようとした自分を忘れないし、昔も今も、だれの心の中にも、その自分がたたずんでいると思うのです。

将来、何になるの？　という質問は、子どもにとって一番困る問いです。マンガ家とか動物学者とかカメラマンなどと、むじゃきに答えているうちは楽しいけれど、十五歳では、学校や職業を具体的に指していわなければならなくなるのですから。では、逆に問い返してはどうでしょうか。何かになるって、どういうことなの？　どうやって食べていくかってことだけ考えればいいの？

わたしは、この問いには、どんな人間になりたいのかという意味も含めてほしいと思います。どんな人という問いへの答えこそ、自分が自分であることだからです。夢と現実の間で、自分をつかもうとする青春の入り口にいる十五歳。そのときに向けられる問いに、自分の答えを出すまで、自分の中を探っていくこと。それは、きっと未来を引き寄せる力となるにちがいありません。

（室蘭市立蘭東中学校・ＰＴＡ新聞　一九九四年三月）

目覚めない川

初めて学校という所に上がったとき、わたしはひどく緊張していた。毎日毎日を、恐しいほどこちこちになって過ごした。目の前にさし出されることの全てが初めてのことだったし、それを受け容れるのに、わたしは必死になってしまう性質だった。廊下を歩いていても、曲がり角から現れるものに身構えている。手洗いに行っている間にも、やっとなじんできた組中のみんながどこかへ行ってしまって、教室が空っぽになってはしまいか、気にかかる。学校の門をくぐってから帰るまで、ひとことも口をきかずに、やっとの思いで過ごしていた。

ある日、朝礼が終って廊下の片側を並んで教室へ向かう列について歩きながら、ふうっと深いため息が出た。なんだか重たい重たい荷物を背負っているような気持ちがした。音楽の時間に、先生が「だれか、歌える人！」と声をかけた。ちょうどそのとき、くたびれて身動きしないではいられなくなっていたわたしの右手が、わずか持ち上がってしまった。

「はぁい。前に出てきて」

名指されて、びっくりして立ち上がったわたしを、先生は手招きした。わたしは、ふらふらとでていった。

「さあ、なんでもすきな歌を歌って」といわれて、火のように全身をほてらせながら、家で姉や妹と歌っていた歌をやっと一節、もう一節たどった。

「とっても、じょうず」

ほめられて、いちどにうれしくなった。

その日、わたしは歌う順番を待つ友だちの列のうしろに、歌い終っては走って並んだ。家でよく聴いているレコードの童謡を片っ端から歌い、止まらなくなってしまったのだ。

小学校低学年の遠足で行ったのは、学校の裏山続きの丘だった。野の花が群れ咲く崖を登ると、海が見えた。草地に先生がすわり、みんなが円をつくった。級友たちはおべんとうのほかに取り出したアメやリンゴを先生の前に運び、ためらいもなく「先生、これ食べて」とむじゃきな声を上げる。戦争が終って間もなくのころだったから、だれのかばんにも先生にあげる物がはいっていたとは思えない。わたしは困った。おにぎりといっしょに母がいれてくれたのは、ひとつかみのカンパンだけだ。これをあげようと、わたしは思った。けれども、みんなのように先生の正面に行ってさし出すのは、なんとも恥ずかしい。

カンパンをズボンのポケットにしのばせて、何度も先生の回りを回った。そのうちに、あっと思うような声がした。

「これ、先生にくれたの、だれだ？」

見ると、口元に笑いを浮かべた先生が、太い指で小さいカンパンを一つつまんで高く上げている。みるみる赤くなったわたしを見て先生は重ねて、いった。

「どうも、ありがと」

わたしはあわててポケットをさぐり、そこにあいた穴が指二本分もあるのに驚いた。うれしさと悲しさのいりまじったような、へんな気持ちに包まれた。

記憶の中からこんなことを取り出してみて思うのは、わたしはいわゆる晩生《おくて》の人間だったらしいということである。歌も言葉も自分の口の中いっぱいにつまっていたのだろうが、わたしはそれをなかなか吐き出せるまでにならなかった。いつでもまだ醒《さ》めない川が一本、わたしの中を流れていて、雪どけ水が川を押し開き、どおっと音をたてて流れ出すまでは目覚めなかった。

わたしは先生や級友の前で自分にもどかしさを覚え、川があふれて流れ出すのを待ってほしいと声にならない声を上げていたように思う。いや、それは自分自身に向かっても、しばしば発した声ではなかったろうか。だから、わたしはたとえどんなに早熟な子どもの内にも、まだその子自身の気づかない、目覚めない川が水をたたえているという信念を持ってしまい、人間に対していつまでも期待を抱くようになったのかもしれない。子ども時代を遥かあとにしたいまでも、私はまだ、わたしの内でいつか目覚める川の水音に耳を澄ましている自分に気づくときがあるのである。

（北海道新聞　一九七四年四月二日）

本嫌いの子と向き合って

児童文学は、読者に必ず子どもが含まれている文学、とわたしは思っている。劇場の観客に例えれば前方の席を大勢の子どもが占めていると、いつも想像しつつ書いてきた。

ところが、最近の子は本を読まないという。八月に文部省（当時）が発表した調査では、ことしの二月、一か月間に一冊も本（マンガは別）を読まなかった中学二年生は四四％を数えたとか。本離れを憂う声には同調したくなるが、わたしはこの数にはさほど驚かない。本は、特に文学は好きな子が読む。いや、興が湧かなければ、最後まで付き合ってくれないのが、子どもの読者だ。わたしがいいと思う本だって、少数派のものであることは珍しくない。

そんな考えを持つわたしだが、この夏は、本嫌いを自称する中学二年生のH子ちゃんと、正面から向き合うことになった。夏休みに読書感想文の宿題があるという。

まず本選びだ。わたしが並べた数冊から、彼女は一番薄くて字が大きく読みやすい本をとる。それでも、読み終えるには「きっと、五日はかかるよ」といって持ち去る。最初に書いてきた文は、原稿用紙五枚の予定の半分くらい。本の前半のすじを追い、なんとかマスをうめている。

「あらすじもいいけど、ここが面白いとか、この人好きだなとか、思ったところはない？」と助言してみた。次には、別の紙の裏表にびっしり、場面や人物を書き出してきた。それを切ったり貼ったりしてまとめていくうちに、H子ちゃんがため息の中から、ぽろりとこぼした言葉があった。

「この子、すきでもきらいでもないけど、なんだか、わかる」と。その「なんだか」をじっくり話し合うことは時間がなくてできなかったが、それは話の行きついたところにある本質を感じとった一言であり、わたしはやっと救われた。そして、その本は、彼女の少ない読書体験の一つになったのではないかと思えた。

読書がわくわくする体験でなく、勉強になってしまったところに、本嫌いを生む原因の一つがある。本嫌いの子は、本を手にとってもなかなか先へ進めないことが苦痛だと訴える。本の世界に浸るより早くページをめくることを考えてしまうのだ。多くの子どもたちにとっても、読書は時間がかかるから敬遠されるのかもしれない。スケジュールに追われる中学生、高校生に、日常的な読書の効用を説いても受け入れられないのが現実だ。

それならば、とわたしは考える。思いきりたっぷりの時間、静かな独りの時間をあてる貴重な体験としての読書を、と。一冊でもいい、一度でもいい。数より質である。その中で、そもそも時間とは何かを考えさせてくれる本に巡り合うこともあるのではないか。H子ちゃんにそんな機会を作られたら、と思う。

（毎日新聞「私見／直言」　一九九四年一〇月七日）

いま、読み直したい児童文学
——大人のための五冊——

図書館の児童室にあるヤングアダルトのコーナーに、中学生らしい女の子がひとり立っていた。暖房がきいているのに、厚手のコートのままポケットに両手をつっこみ、マフラーにあごをうめて、棚をにらむ。どれに手を出そうかと迷っている。その姿に、私は中学生のころの自分を重ねてしまう。客が四、五人もはいるといっぱいになる狭い小屋のような田舎の書店で、大人の本のすきまに押しこまれていた新書判の『次郎物語』をみつけたときの喜び。それは、母の友人の菓子屋で店番をして得たお金で、初めて自分の本を買った日でもあった。

いま、少女の私をこの本棚の前に立たせたら、狂喜し、そして混乱のあまり手が出なくなるだろう。戦後まだ七、八年のころ、「童話」はあったが、「児童文学」という言い方は聞かなかった。ヤングアダルト文学は「少年小説」「少女小説」だった。図書館に児童書は一冊もなく、手持ちの本はぼろぼろになるまで回し読みされた。

子どもが、特に高学年の子たちが本を読まなくなったといわれて、久しい。公立図書館へ足を向けるヤングは、少数派だろう。だが、同じく少数派の大人が児童文学の読み手になっているのを、私は知っている。ヤングアダルトものを読むママさん、絵本や大きな字の本を楽しむ白髪の人。子どもや孫のためでなく自分のために本を選ぶ大人の読者は、児童文学が成熟するのに必要な人たちかもしれない。長い人類の知恵の蓄積、暮らし、自然、人と人を結ぶもの。あらゆるテーマがつまっている児童文学の世界は、大人が読み直すことで新しい光をあてられるかもしれない。その世界は、もう一度、子どもから人生をやり直せるほど豊かで深い。ヤングアダルト文学の秀作を読むなら、もうだれも「ほんとに、いまの子どもって、わからない！」と叫ばなくなるだろう。

〈おすすめの五冊〉

『灰色の畑と緑の畑』　ウルズラ・ヴェルフェル　野村泫訳　岩波書店

ドイツの作家の短篇集で、親と子、社会階層、障害者、老人などがテーマ。題名の作品は農民と地主の畑を貧富の対照におき、同じ名の娘が一方は塀に囲まれてぬくぬくと育ち、一方は家族とともに土地を追放される。農民の娘の怒りがはじけて胸を打つ。作者は「ここに書かれているのはほんとうの話である。だから、あまり愉快ではない」といい、「人間がいっしょに生きることのむずかしさ」を考えようとする。

『おじいちゃんが冬へ旅立つとき』　C・K・ストリート　小野章訳　あかね書房

この翻訳が出たのは一九八一年。このころから児童文学でも老いや死をテーマにした作品が増える。チェロキー族出身の作者は、主人公のアメリカインディアンの老人に、その生き方、価値観、知恵を語らせる。小さな孫は、おじいちゃんの静かな「冬への旅＝死」を納得する。

『さよならをいう時間もない』　ジュディ・ブルーム　長田敏子訳　偕成社

アメリカのベストセラー作家の、銃による犯罪の犠牲になった家族の物語。父の突然の死は、さよならをいう時間も与えてくれなかった。事件の話ができなくなった少女デイビーは、さまざまな人と出会うなかで、立ち直っていく。ヤングアダルト文学の一作として、子どもと大人はどう向き合えばよいのか、考えさせられる。

『悪童日記』 アゴタ・クリストフ　堀茂樹訳　早川書房

ハンガリー生まれの女性作家の異色作。児童文学とするには、あまりにも重くシリアスなテーマを含んでいるが、大人にはすすめたい。第二次大戦から戦後にかけて、戦争を避けて祖母の家に預けられた双子の少年が、悪童ぶりを発揮して、したたかに生き延びる。

『児童文学の魅力　いま読む100冊　海外編』 日本児童文学者協会編　文渓堂

姉妹本として「日本編」もある。今回は翻訳ものに目をやってしまったが、この本で内外の、そして新旧の児童文学を知っていただけたらうれしい。

（♂女のしんぶん　七五一号　一九九九年一月三一日）

新しい読者の顔

本屋の児童書の棚でも、その他一般の棚でも、ときおり「七歳から七十歳まで」とか、「九歳から九十歳まで」などと帯に刷りこんだ本を見かける。自分が書いた作品を「八歳から八十歳までの子どものための本」といったのはE・ケストナーだから、これらの本はひょっとしてケストナーと張り合う気で書かれたのかと思って、のぞいてみる。だが、その意気ごみも感じられない安易な内容で、がっかりする。子どものことなど少しも頭にないものまであって、単なるキャッチフレーズとして使われている。

そういえば、児童書には何歳から何歳向きとか、低学年向き、高学年向きといった、読書（読者）の目安がついていることが多いし、販売上の方便としても通用している。

書く身にとっては、それは何の手がかりにもならない、ふしぎなきまりで、漢字の使用にしても教科書に縛られたくないと思ってきた。

ところで、わたしは、最近自分の本をさしあげたある女性から、こんな礼をいわれた。

「なんと感想をいえばいいのか。世の中にこんな本があるっていうのがショックでした。おしつけがましくなくて、子どもと同じ目の高さで語っていて……。五十七歳のわたしはなかなか八歳の子どもの気持ちになって読めないのが残念でしたが……」

わたしは、あわてていった。

「いいえ、児童文学は……年齢とはあまり関係ないといってもいいんです。読者の席を劇場に並べたとすると、いつも前の方に子どもたちを思い浮かべていますけど」

「そうですわね。でも、わたし、こういうふうにものが見えたり表現したりできるってことが、いま、ぴったりくるんです」

最後に、相手は「これは、わたしの本」とまでいって、電話を切った。

作者としては最大級のほめ言葉をもらったような気がして、なんだかひどく動揺していた。そして、突然、ケストナーのいう「八歳から八十歳までの子ども」の顔が、わたしにも見えた気になった。

「蘭の会」*ができて二十年、という。初めのころ活動していた方にとっては、わが子の成人式はとっくに迎えたことになる。それでも子どもの本に心を向けている人は、おそらく八十をすぎても児童文学のよい読み手であるだろう。その昔、『ガリバー旅行記』や『ロビンソン・クルーソー』をおとなの手から奪い、子どもの本へと移植したように、これからは高齢化社会のお年寄たちが、子どもの本に手を出し「わたしの本」としていくかもしれない。もし、児童文学がそれに応えられるならば、あながち的はずれの夢想ではないと思えてくる。ともあれ、開館六十六年を迎えた図書館と蘭の会の活動は、息長く、大きくひらけたものにしていってほしい、と願っている。

＊　室蘭市立図書館の活動の一環として、親子で参加する「母と子の読書会」が生まれたのは一九六八年。活動を綴った文集は二〇一二年の45年記念誌まで一〇冊を数えている。

（蘭の会20周年記念誌「時間の花」　一九八七年一二月）

一冊の本 『蝿の王』 W・ゴールディング作 平井正穂訳

南太平洋の孤島に、少年たちを乗せた飛行機が不時着した。ここに降り立つことのできた少年たちのうち、金髪のラーフは十二歳と数か月、彼に近い年齢の少年は数人いるが、あとは、泣きさけぶことしかできないちびっ子たちである。おとなはひとりもいない。操縦士も戦死したようである。少年たちは、新たに起こった大戦のさなか、イギリス本国から疎開するところを攻撃されたのである。

珊瑚礁の海にかこまれたこの島には、少年たちを脅かす獣も毒蛇もいない。それどころか、食料になる野豚がいる。果物がある。昼間の暑熱はひどくても、沼湖の一角には自然が造ったすばらしいプールがある。

「『宝島』みたいだ。」

解放感に浸って少年たちはさけぶ。

「『つばめとアマゾン』みたいだ。」

「『珊瑚島』みたいだ。」

スティーヴンソン、ランサム、バランタインの描いた冒険小説の世界が、読者の内にも鮮やかに思い起こされて重なってくる。


少年たちは、海を見おろす高台に集まり、相談を始める。救助をもとめるのろしを上げること、雨露をしのぐために小屋を作ること、それから飲み水とか手洗いとか、島での生活を快適に過ごすためのこまごましたきまり。発言する子どもは、クリーム色をした大きなほら貝を抱きかかえる。この美しいほら貝は、集会の合図に吹き鳴らされ、子どもたちひとりひとりの発言権を保証し、その言論の自由を認める理性の象徴である。

孤島の生活は、まさに冒険小説のようにすべりだす。みんなはラーフを隊長に選び、考え深いピギーがかけていた眼鏡のレンズで火を起こす。のろしの火を護る当番もきめた。力のつよいジャックが率いていた合唱隊の子たちは、そのまま狩猟隊だ。

ジャックは豚を狩る。だれもみな肉を食べたいし、なんといっても命をつなぐために手にいれなければならないのが食料である。ナイフを持ったこの少年が次第に力を得ていくのは当然だ。

『蝿の王』が、無邪気な少年たちを描きながら、少年小説の世界を超えていくのは、ここから先である。題名の『蝿の王』とは、聖書にある「悪鬼の首領」を意味するらしいが、この小説ではジャックが夢魔への捧げ物とした獲物の豚の頭に蝿がむらがり、まっ黒な「蝿の王」のように見えたのをさしている。「蝿の王」はジャックにのりうつり、凶暴で残忍な悪鬼の王として、この島を支配しはじめる。

のろしの火を絶やすまいとするラーフと、血をたぎらせて狩猟の日々に明け暮れるジャックとの対決は、良識と暴力の格闘といった意味を帯びてくる。しかも、この子どもたちのドラマの背後では、おとなたちが戦争を続けている。空中戦に敗れ、パラシュートをつけたまま、島の山頂の岩にひっかかった戦士の遺骸を、子どもたちは人間と確める眼さえ失い、いたずらに恐れ怯える。

ただ一人だけ、勇気をふるって山頂へ行き、この化物の正体を自分の眼で見ることのできた少年がいる。サイモンと呼ばれるこの少年は野ざらしの「蠅の王」とも対話し、それを豚の頭さと言い切ることもできた少年だ。彼は骸骨の暗い眼窩をのぞきこみ、人間の心の内奥に住む悪鬼をみつける。悪鬼の正体は、だから人間だと仲間たちに告げようとして山を下る。

だが、少年を迎えたのは、豚を焼く火を囲み、気違いじみた饗宴を開いていたジャックたちだった。みんなは、ジャックの分け与える肉にむしゃぶりついていた。雷鳴が空を裂いてとどろいたとき、一団の少年たちは恐怖にかられ本能の血が命じるままに殺戮を犯す。サイモンを豚と同じように殺してしまう。

つぎの犠牲者は、限鏡をなくしたピギーである。だれもかえりみなくなったために権威を失ったほら貝を抱いて、ピギーは眼鏡を返せとジャックたちの城へ抗議に出かける。しかし、崖の上から転がされた岩に襲われて、ほら貝といっしょに海へくだけ散る。のこるラーフは、粘土で顔を彩り野蛮人になりきった狩人たちに包囲される。

「ぼく、やーめたっ」といって、出ていくことができたら……。逃げまわりながら、ラーフは何度も思う。あいつらはあんなことをするほど悪いやつじゃない。しかけられた火に追われ、とがった槍の先をつきつけられても、彼は良識にすがりつこうとする。

ついに恐怖にとらわれて叫び出し、海辺へ走ったラーフの前に、一人の海軍士官が立つ。

「ハロー、なかなかおもしろそうに遊んでるじゃないか。戦争ごっこかい?」

そして、物語は突然、終わる。

寓意に満ちたおもしろさと、仕掛けの巧みさで、『蠅の王』は読む者を魅了する。だが、私が最初この作品に出会ったときに受けた衝撃は別のところにあった。それは、この、一見少年小説の形をとった物語が、これまでの少年文学が描こうとしてきた世界をはるかにつきぬけて、いや、ほとんどそれを否定したところで、少年たちを描くことに成功しているという点だった。ジャック、ラーフ、ピギー、サイモンといった子どもたちに、それぞれ獣性、良識、知性、聖性という符号をつけることはできる。だが、彼等はそうした名札を背に負いながら、なんと個性的に生きていることだろう。

ひとりひとりの少年の胸は、人間の感情に揺れ、たわいもなく傾き、互いに結び合い、離れ、対抗し、力の支配に翻弄される。そして、孤島での生活という極限状況の中に、少年たちの一つの世界が描き出される。

ゴールディングは、この作品を『珊瑚島』のパロディとして書いた、といわれる。それは、少年たちがこの島に着いたとき、口にした叫びにも、さいごに海軍士官が「初めはうまくいってたんだね『珊瑚島』みたいにね」という言葉にも、たしかにうかがわれる。また、この作品は、さかのぼれば『ロビンソン・クルーソー』にいきつくイギリス文学の一系譜につながり、そこで生まれてきたともいえるのだろう。そして、一九五四年に発表された『蠅の王』は、明らかに第二次世界大戦を経て、これらの作品に向きあっているのである。

人間の内なる暗黒を見てしまった者の文学、それをみつめないではいられない文学が、こうして少年文学を意識して書かれた。このことの意味は、私たちにとって、ほんとうに大きい。それがパロディであろうとなんであろうと、私は、あえてこの作品を子どもの本の一冊として読みたいと思い続けている。

（児童文学一九七五　特集＝一冊の本　一九七五年一二月　聖母女学院短大児童教育学科）

〈自然のこども〉を生きた詩人たち
――金子みすゞと与田準一――

金子みすゞの詩との出会いを語る人は、なんといっても「大漁」の一篇と向き合ったときの強い印象を口にする。いまでは、みすゞを知るたいていの人が諳《そら》んじてしまったと思われるこの作品は、代表作となる力強さを秘めている。また、作者亡き後も長く生き延びて、その蘇りを先導し果たすという運命を担っていたともいえよう。

私もまた、岩波文庫の『日本童謡集』で初めて読んだとき、耳慣れた童謡とは全く違って、明と暗とが一転する鋭い視線に射られたような思いを味わった一人である。

大《たい》漁《れふ》

朝焼《あさやけ》小焼《こやけ》だ
大漁《たいれふ》だ
大羽鰮《おおばいわし》の
大漁《たいれふ》だ。

浜《はま》は祭《まつ》りの
やうだけど
海《うみ》のなかでは
何万《なんまん》の
鰮《いわし》のとむらひ
するだらう。

（『美しい町』）

この童謡詩を金子みすゞの代表作品として同集に選び入れた編者の与田準一は、のちに矢崎節夫が発掘した三冊の遺稿集を全集として出版するときにも参加している。全集の刊行によせられた一文には、与田の童謡観が述べてあり興味深いが、そのことには後でふれたいと思う。

文庫版『日本童謡集』が出たのは一九五七（昭和三二）年一二月で、その頃、与田準一は東京・目白の日本女子大学で児童文学を教えていた。私は、その学生であったわけだが、師に薦められて本を手にした覚えがない。手元にある私の赤茶けた一冊は、初版のわずか一か月後に出た第二刷で、よくよく思い出してみると、その年の新学期に与田先生の講義を受けようとしていた関心から買い求めたような気がする。ともあれ、私には与田準一という童謡詩人を通して、金子みすゞと出会いつながってきた思いがある。少し回り道になるが、女子大講師だった与田準一を記憶するままに記してみたい。

年譜によれば、与田が日本女子大学家政学部の講師になったのは、一九五〇（昭和二五）年、四十五歳のときだった。戦後まだ五年で、生活の安定していない与田を援けようとした教育学者周郷博の斡旋だったという。以後十年間勤めるが、私が受講生になったのは最後のあたりだった。週に一度の授業は少しも堅苦しくなく、あまり話し上手でない与田は、ボソボソと前の席の学生に話しかける口調だった。その日に話そうと思いついたことを、楽しげに言葉にしているふうだ。その中で、私が心にとどめたのは、こどもの言葉への強い関心だった。「幼児の言葉は、ほんとにいい。生まれたての言葉です」と、与田はどこでも生まれているいい言葉を採集することを勧めた。

（のちに、私は金子みすゞがこれを実行しているのを知った。わが子の片言のおしゃべりを書きとめ、「南京玉」というタイトルをつけて、小さな手帳に採集日記を綴っている。童謡詩人としてこどもの言葉に興味を抱いていたのだろうが、それ以上に、みすゞは三歳の娘の世界に浸って生きていたように思う。この日記は自死の一か月前まで続いた、みすゞの最後の〝作品〟だった。）

私は卒業論文の指導教授を決めるとき、ためらいなく児童文学を選び、与田先生にお願いした。幸い、他に希望者がいなかったので、私は一年間先生を独占できることになった。毎週の講義のあと、教室はがらんとしているので、喫茶店へ行く。先生が帰り道に通る新宿で電車を降り、三丁目にあった不二家で、よくクリームソーダをごちそうになった。

私が北海道出身だとわかると、与田は上磯郡出身の詩人吉田一穂の話をして聞かせた。一穂は与田の七歳年上で、童謡、童話も書く尊敬すべき先輩という。その文学世界は独自な輝きに満ちていて、他を寄せつけない硬質な言葉の世界であることを強調された。少なからぬ親近感をこめて。

あるとき、与田は散歩の途中で見かける家の塀の上に埋めこまれているガラス片のことを、「いやだね。あれはいやだ」と、まるでその破片で傷ついた少年のように、憤りをこめて話した。私も同感だったが、与田の人間性、詩人の皮膚感覚をぴりぴりと感じたのを忘れない。

私はなんとか卒論を仕上げた。やはり北海道に関わりの深い有島武郎の童話についてであり、私は少年文学を目指そうという気になっていた。「ぼくもいっしょに卒業しようかな」といって、与田は講師を辞めた。一九六〇（昭和三五）年の春だった。

金子みすゞは一九〇三（明治三六）年生まれで、与田準一より二つ年上だが、童謡を書き始めたのは二人ほとんど同時だった。みすゞは二十歳の春、下関へ出て、本屋の店番をしながら「童話」や「金の星」に投稿を始める。そして、その年の秋の号では、投稿作品が次々に活字になるという幸運に恵まれた。

一方、与田準一は十八歳の春、生まれ育った福岡県山門《やまと》郡瀬高《せたか》町の隣り町で小学校の先生になっている。準一は尋常高等小学校を卒業してから、姉の店の手伝いをしていたが、すでに志は立てていた。北原白秋の『おもひで』の世界を知り、詩を書きたいと願っていたのだ。柳川出身の白秋の詩集は、同郷の準一にとって、日常見なれてきた風景を詩の言葉で別世界に変えてみせるものだった。その頃、白秋が力を入れていた創作童謡にも心を魅かれた。「赤い鳥」に初めて準一の童謡「霜夜《しもよ》」が載ったのは一九二三（大正一二）年、みすゞが自分のペンネームを「童話」誌上に発見したのと同じ年だった。みすゞの作品は西條八十に選ばれ、準一は北原白秋に認められての出発だった。

その後の金子みすゞは、投稿を励みとする文学少年少女の中でも抜きん出て、輝いていく。西條八十は「童話」大正一三年一月号誌上で、みすゞの「砂の王国」を傑作と称え「氏には童謡作家の素質として最も貴いイマジネーションの飛躍がある」と評している。また同誌の同年二月号では、「おとむらひの日」について「相変らず氏独特のものが光つてゐて嬉しかつた。当代の童謡作家の数はかなり多いが、かの英国のスティーヴンソンのやうな子供の生活気分を如実に剔抉し来る作家は殆んど皆無と云つていゝ」とまで激賞する。たしかに、金子みすゞはその出発のときから当代の童謡作家にふさわしい作品を発表した。最初に引用した「大漁」は、これらの評を受ける最中、引き続いて同誌三月号に載った作品である。

たいていの作家は自分の表現を探求して長い彷徨を重ね、ようやく主題に添った文体を獲得していく。それは童謡であっても同じといえる。しかし、ときには初めから、その人が生来持っていたのではないかと思われるような表現力で、そこに在る人そのままの息づかいを文体にし、周囲の世界に自分の内なる世界を重ねていくことができる作家も出現する。宮澤賢治がそうであったし、金子みすゞもその一人だった。

彼等は自分が感じる世界を他者へ向かって発信したかった。自分に視えているものを、だれにも見えるものにしたい。自分が抱えている孤独を知ってもらいたい。自分と他者との溝を埋めていくために、想像力を発揮し、力の及ばないものには願いと祈りを捧げることも忘れなかった。

そうして書かれたたくさんの作品は、いつのまにか固有の小宇宙を形作った。その間の金子みすゞには、結婚、出産、自立（離婚）と目まぐるしい実生活の変化があり、病いも加わった。ようやく童謡作家としての道が見えてきたところで、病いに身体を蝕まれることは、どれほど残念であったろう。そして、三冊の手帳に整理された五百十二篇もの詩は長く眠らねばならなかった。賢治も生前はわずかしか読者を持てなかった。彼等の言葉がとらえた小宇宙を、同時代の人びとは受けとめられなかったのだろうか。その小宇宙が自然という大宇宙を映していることに気づいた後代の人びとによって、彼等はやっと評価され、語り継がれようとしている。

最後に、与田凖一が「金子みすゞ全集の刊行によせて」書いた一文にふれてみたい。

与田は同じ大正童謡の洗礼を受けた詩人たちのあいだで、金子みすゞの名が「雲間の星のように光りながらうずもれていた」理由を、次のように顧みている。

「大正期の童謡が、いわば〝マザー・グウス〟であるよりも〝ファーザア・グウス〟などといわれるのには、白秋、八十、雨情など、草分け時代の童謡詩人が父親たちであったからで、まだひとりの子をもつうらわかい母であった金子みすゞのしゅっぱつは、ファーザア・グウスのかげで、ようやく双葉をひらきそめていたからでしょう。のみでなく、ひろく世にしられないうちに自失という運命をになったからでもありました。」

二十六歳で逝った金子みすゞに比べて、与田準一は戦争に翻弄された昭和の時代を生きぬき、一九九七（平成九）年、九十二歳の生涯を詩人として全うした。

同じ文章に、与田は刻むように記している。

「こどもは自然のなかに生きるとき、こどもであり、こどもであることは、また、人間の自然です。」

「童謡の勃興した大正時代をふりかえってみると、近代化のあかるみのなかに、こども、おんな、働く者など、それまで制度のしくみのなかで抑圧されていたひとびとの、人間としての現れという事実がありました。

そういうひとびとは、ほかのだれよりも自然をあわせもった、いちばん自然的な人間といえたのです。」

そして、大正期の童謡隆盛には、原初の人間回復といった意味あいが作用していたのではないか、ともいう。みすゞや準一は、その時代の衝動を十代の心と身体で受けとめ、一途に童謡という形で表現しようとした。

その詩には何よりも自然が溢れている。彼等にとって、自然は――虫も花も魚も、海も空も、ほとんど自分自身であったのかもしれない。与田準一が記した言葉でいえば、こどもであることは人間の自然、つまりは虫や魚とこどもは同列なのだ。この童謡観を背景においたとき、私は金子みすゞの世界が持つ普遍性を深く納得できるように思う。

私たちにとって、大切にしたいのは、その自然のこどもをしっかりと伝えてくれる作品群であり、こどもの心を生きた詩人たちの生涯である。

参考文献

『金子みすゞ全集』Ⅰ、Ⅱ、Ⅲ　付録ノート〝刊行によせて〟／『童謡詩人金子みすゞの生涯』矢崎節夫／『森の夜明け――与田準一童謡集』（解説・矢崎節夫）　以上、ＪＵＬＡ出版局
『与田準一の珠玉の詩』畑島喜久生　リトル・ガリヴァー社
（『金子みすゞ　花と海と空の詩』収録　勉誠出版　二〇〇三年二月）

児童文学と島

生まれることは　島に
打ち上げられることである
J・M・バリ

一、島という舞台

児童文学には、海の果ての島や湖に浮かぶ小島が舞台になった作品が数多くある。南海の無人島に漂着した主人公が、食べ物と水を手に入れるために力を尽くし知恵をふりしぼって生き延びるお話。また、霧深い北の海には幻のように姿を現すアザラシたちの島があり、そこで赤ん坊のとき海に流されて行方不明になった男の子が育てられていたお話。

おそらくは実際にあった島で起こった事実から冒険小説がうまれ、伝承の物語が書かれてきた。ファンタジーの妖精たちも、虚空から生まれたわけではない。北の海のケルトの民間伝承に出てくる妖精たちの中でセルキーと呼ばれるのはアザラシ族である。彼等は水中で暮らすために厚い毛皮をまとっているが、時にはその衣を脱ぎ、人間との交歓を求める。

女のセルキーに恋した漁師の男が、女の皮衣を隠して妻にする。羽衣伝説とそっくりの話がここにもある。アザラシたちが棲みついている岩礁の島々、その荒涼とした自然の風景は、物語を生み出す想像力を一層かきたてるものなのかもしれない。

そうした個々の作品はどのように島と結びついているのか。また、作者はなぜ島を舞台に選び、そこに作品世界を展開させたのか。さらに、文学の場としての島が持つ特性、象徴性にもふれてみたいというのが私の願いであるが、児童文学のフィールドでどこまで考察できるかとおそれてもいる。

まず、広汎な作品の中から、冒険小説の系譜を探るために、イギリスを初めとする外国文学を取り上げることを許していただきたい。
日本文学、現代児童文学からは、特徴ある島の文学を取り上げてみたいと思う。

二、海洋に展けた外国文学――『ロビンソン・クルーソー』、『宝島』、『蠅の王』

ダニエル・デフォーが『ロビンソン・クルーソー』を発表したのは一七一九年。スコットランドの水夫セルカークの孤島での体験から創り出した小説で、その後の文学に大きな影響を与え、社会経済的関心からもさまざまな読まれ方をしてきた作品である。

語り手である「私」ロビンソン・クルーソーは、限りない海洋への憧れを抱いて国を出るのだが、船は難破し、孤島での厳しい暮らしが始まる。彼の行動に賛成できない父親は既成の秩序と価値体系のもとでの安息な生活を説いたのに、その意思に背いたことが悔やまれる。当然、ロビンソンは原初の人間のように暮らさねばならない。

火を起こし、食べ物を採取し、やがて種を播いて収穫をする自分のやり方を獲得していく。精神の面では神の摂理が持ち出され、孤独な自己との戦いを支える信仰をめぐって長々しい問答がある。そして、価値が問い直され、教訓的世界が問い返され、父からの自立が可能になる。ロビンソン・クルーソーの物語は、ともすると絶海の孤島に置かれた人間はどのようにして生き延びるかという、今で言えばサバイバルの面が強調されて受け取られがちだ。けれども、デフォーはこの島に、人間の生活と信仰、技術や知恵の利用、秩序や価値の問題までを持ち込み、壮大な試みの物語世界を作ろうとしたのではないか。

デフォーがこの発想を得ることになった前出のセルカークの孤島体験は四年四か月だったという。作品のロビンソンはなんと二八年二か月一九日も、島に滞在している。物語世界の時間はどのようにも伸縮できるものだが、作者はロビンソンがじっくりと腰を落ち着けて生き、自らの意思を成熟させるよう意図したのかもしれない。孤絶した島という場はロビンソン・クルーソーを生むための必須の条件であった。

小説『ロビンソン・クルーソー』の成り立ちの背景には、一七世紀後半からイギリスで興った産業革命とあいまって新興の商工階級が進出したことがある。彼等は新しいジャンルである小説の読者層を形成し、押し広げた。一七二六年に出たジョナサン・スウィフトの『ガリバー旅行記』は発表とともに当時のベストセラーとして、「子ども部屋まで」入りこんだといわれる。

たしかに、それから二八〇年後の子どもたちの本棚にも『ロビンソン・クルーソー』と『ガリバー旅行記』は健在だ。本来大人の読者を対象に書かれた作品が、子どものものにもなっていく、その先駆的な役割を果たしたのが、この二作だった。子どもの読者は、おそらく『ロビンソン・クルーソー』の混みいった問答部分などを読みとばし、孤島に生きる男のさまざまな体験を未知の冒険談として空想し楽しんだのだった。デフォーがこの作品に投入した人間の原始的本能の目覚めや自分の世界を打ち立てようとするたくましさなどを、子どもは子どもなりに直感的に把握できたのだろうか。それは冒険小説の本質であり、島に舞台を設定したロビンソン・クルーソー型の物語がのちのちまで書き継がれるようになる原型となった。

『宝島』を書いたロバート・ルイス・スティーヴンソンは、その作品の最初の一ページに島の地図を置いている。いくつかの入り江や岬、白い岩とがいこつ島と名付けられた小島、岩石の並ぶ暗礁、そして山と森の三か所に十字印がつけられた所に海賊たちが埋めた宝が眠っている。物語の中での説明には、この島は「肥った竜が立ち上がったような形」をしているとあって、一枚の地図が頭の中でそれこそ立ち上がってくる。島の冒険の見取図を前に、子どもの読者はどれほどわくわくすることだろう。

実は、この地図を最初に書き出したのは、作者の妻の先夫との息子である少年だった。ある雨の日、少年の地図をのぞきこんだスティーヴンソンは、がいこつ島だの遠眼鏡山だのを書き込み、ついには少年を相手に海賊と宝探しの話を始めた。それから作者の父トマス・スティーヴンソンが熱心な聴き手に加わった。灯台を建設する技師だった父は老年読者の代表といえた。毎夕食後、家族に読んで聞かせるために、スティーヴンソンはこの物語を書き続けることになった。お話が半分まで進んだとき、友人の手で編集者に回された原稿は少年娯楽雑誌に連載され、タイトルが「船の料理番」から『宝島』に改められた。最初の題は第二篇の小タイトルに残されているが、この料理番こそジョン・シルバーだ。のっぽで一本脚、肩にオウムを止まらせた特異なイメージは忘れがたい。いわくありげの多種多様な人物が描きこまれている中で、最も陰影に富む登場人物だ。ジョン・シルバーは前歴を隠して船に乗り組んだ海賊の一派と結び、かつて埋めた銀の棒や武器などを取り戻そうと行動する。一枚の地図を手に入れたことで夢のような冒険に乗りだした連中は、船の破損や船員の謀反など、命がけの悪戦苦闘に追いやられる。そして結末は……宝島にはちゃんと宝の山があった。語り手である少年ジムは洞穴の中で世界中の貨幣の仕分けを楽しんでいる。イギリスやフランス、スペイン、ポルトガルの貨幣はもちろん、ジョージ金貨、ルイ金貨、過去百年間のヨーロッパのあらゆる国王の肖像画を刻した貨幣、珍貴な東洋の貨幣。この場面は、イギリスばかりでなく各国が競って海洋へ船出していった時代を思わせる。宝島を身近に感じることができた彼等の時代があったことを、この海洋冒険小説は語りかけている。

ウィリアム・ゴールディングの『蠅の王』が発表されたのは一九五四年、作者四三歳の時だった。もともとは詩人として出発したゴールディングは兵役について大戦を経験し、最初の小説作品を書き上げたのである。

この一作の成り立ちについては、邦訳の解説（平井正穂、新潮文庫　一九七五年）に、次のような言及があり注目する。

「少年時代、ウィリアムは父の書斎でＨ・Ｇ・ウェルズを知り、またバランタインの『珊瑚島』（一八五八年）等の少年漂流物語やギリシャ文学などに読みふけった。」「『蠅の王』は『珊瑚島』のパロディとしてではなくとも、とにかくこの一九世紀中期の少年漂流記を意識して書かれていることは明瞭である。その系譜は、一八世紀の小説『ロビンソン・クルーソー』までさかのぼることができよう。そのような意味では、『蠅の王』も少年文学の一つとして読むこともできる。」

平井氏はこのあとで作品の中で起こる「『さまざまな事件』そのものに、この作品の中核的な意味があり、そのことの理解が深まれば、『蠅の王』は、およそ少年文学とは縁遠い文学であることが、痛切に私たちの心に迫ってくる。」と、付け足している。

たしかに『蠅の王』という作品は表向きには少年たちの物語でありながら、作者の視線は鋭く人間の内部に向けられ、難解ともいえる深い意味を持つ。話は大戦のさなかにイングランドから疎開した学童たちが乗っていた飛行機が敵の襲撃を受け、南太平洋の一孤島に不時着する設定だ。パイロットの大人も戦死して、都会育ちの十二、三歳までくらいの男の子たちだけの暮らしがそこで始まる。ジャングル地帯は緑に染まり、珊瑚礁を見下ろす丘には心地よい風が吹いている。森の中には野生の豚がいて、少年たちは狩猟隊を組むことにする。話し合いでは発言する人に大きなほら貝を回し、民主的なルールが芽生える。

「この島は、ぼくたちのものなんだね」

「何もかもぼくらのものだ」

少年たちは平和と自由を呼吸し始めたかのように見える。戦争のない島で、救助を待つ烽火の火を苦労して燃やしながら、豚を狩った少年たちは他の者に「さあ、拾って食え！」と叫び、狂暴になっていく。何か分からない恐ろしい獣におびえ、血祭りにあげた豚の頭をその獣に捧げようといいだす少年がいる。黒山のように蠅のたかった豚の頭、それこそが蠅の王であり、少年たちは邪悪な獣に支配されていく。顔や体に粘土をぬりつけて蛮人になった一隊と抵抗して逃げ回る少年。ついに犠牲者が出る。火事も起こる。島の上空に黒々と立ち込めた煙を見て、海軍士官と水兵がやってくる。

「きみたちは何をしてたんだい？　戦争ごっこかい、それとも？」

「いったいきみたちは何人いるのかね？」

どの問いにも答えられないで、一人の少年がいう。

「初めはうまくいってたんです。」

そうして少年たちが見回した島は、朽ち木のように干からび、焼けただれ、荒廃に帰そうとしていた。彼らはからだを震わせて嗚咽するしかなかった。真実で賢明だった友を死へ追いやり、無垢の魂が失われたのを、人間の心の暗黒を悲しみ、泣いた。

この幕切れの印象は強烈だ。作者は少年たちを大人と断絶した状況に置き、南の島の夏休みを装いながら、本能的な人間である子どもの内部を取り出して見せる。島は絶好の実験場ともいえる。

ゴールディングは二〇世紀の大戦をくぐった作家であり、私たちはアウシュビッツを知った読者である。『蠅の王』は少年文学を越える傑作だが、子どもたちがやがて自分たちのものにしていく作品だと私には思える。

三、内海に浮かぶ日本の島文学――壺井栄、灰谷健次郎、山下明生

四囲を海に囲まれた日本列島に生まれ育った身でありながら、私にはそこが島国であるという実感も認識も奇妙に希薄な気がする。北海道は室蘭の港町が生い立ちの地であるが、子どものころ坂の多い町を遊び回って、ふと目を転じれば海が見えた。私が見慣れていた島は港の出入り口に小さくこんもりと置かれた島で、貨物船の標識になる役割りも果たす灯台が建っていた。大黒島というありふれた名を持つその島には、一八世紀の終わりごろイギリスから海図を作る目的でやってきたプロビデンス号の船員が事故死して葬られていた。町の人はその島には黒ユリが咲くという伝説とともに、

船員の名を冠したオルソン島という名も語り継いでいる。
島の脇を通って出ていく外海には噴火を繰り返している三つの火山が並ぶ。この湾を噴火湾（ボルガノ・ベイ）と名づけたのもプロビデンス号でやってきたイギリス人中佐だった。太平洋の荒波が押し寄せるこのあたりの風景は、大自然と向き合う感じが強くする。たぶん、こんな荒々しさの中で育った反動からだろう。日本の児童文学の中で島との結びつきの深い作品を思い浮かべるとき、私が心寄せるのは、やはり壺井栄の小豆島なのである。

「小豆島を知っていますか。もしも、よくわからないようでしたら、いちど、日本の地図をひろげてみてください。瀬戸内海の東のほうに小犬のような形をした、小さな島がみつかるでしょう。」（『母のない子と子のない母と』）
「千代の生まれたのは瀬戸内海の島の中の、ある小さな村でありました。後ろが山で、前は静かな海です。」（『十五夜の月』）
「瀬戸内海の島の春、いつもならばもう桜の花も咲こうという季節なのに、その年はいつまでも寒さがつづきました。」(『まつりご』)

長篇でも短篇でも、壺井栄は冒頭の文章で小豆島にふれている。作品の舞台や登場人物を紹介するためであろうが、そこから作者自身の思い入れが伝わる。このように書き始めるとき、作者は小豆島と一体になった作品世界に身を置くことができたであろう。栄の文章は体の中から湧き出すように、この風土で営まれてきた暮らしと人とを語ってやまない。その中で子どもは特別な位置を占める。作者の子どもも時代を重ねて子どもが主人公になる場合、また親や教師の人生に子どもが関わる場合も、作者は子どもを尊重し、子どもの見方や子どもを通した考え方を示そうとする。『二十四の瞳』は、女先生大石久子の女の一生でありながら分教場の十二人の生徒たちの物語になっていく。

島と一体、子どもと一体であるところから生み出された壺井栄の作品は、時代とも強く結びついている。『母のない子と子のない母と』は、太平洋戦争が終わって島へ帰ってきた人たちの話だ。おとらおばさんは、少年航空兵だった一人息子を失い、大阪の空襲ではつれあいまでなくして戻ってきた。おばさんのいとこ一家は出征した父親が帰らず、病身の母親が二人の子を連れて故郷に身を寄せたのだった。力尽きた母が亡くなり、子どもたちはおとらさんに引き取られて暮らし始める。やがておとらさんは帰還したいとこと結ばれ、子どもたちと新しい家族を作る。戦後はそんな家族があちこちにいた。壺井栄の文学が持つ向日性は、その時代の人々が求めていたものだったろう。ただ、その時代性は戦後六十年を過ぎて島の風景の変貌とともに、現代の特に子ども読者にはそのまま受け止められないものになっている。失われた農村の習俗、瀬戸内海の島が内にたたえてきた暮らしの心と庶民の姿を映す文学としての価値は高まるかもしれないが。

灰谷健次郎が長篇『太陽の子』を発表したのは一九七八年のことで、現代児童文学に沖縄が登場した。十七年間の教師経験を持つ灰谷は、新米教師と長屋に住む子どもたちのふれあいを描いた『兎の眼』（一九七四年）で幅広い層の読者を獲得していたが、このときから沖縄へと向かい始めた。『島へ行く』（一九八一年）、『島物語』（一九八三年）と書き続ける。もともとアジアを放浪し、淡路島で自給自足の暮らしを試みたりする灰谷には、島を論じる別の視点が必要かもしれない。

ともあれ『太陽の子』の主人公は小学六年の女の子で神戸に生まれ育ってきた。父は八重山の波照間島、母は沖縄・首里の出身で、誇らしげに故郷を語る。女の子は「うちのふるさとは神戸かナ、それとも沖縄かナ」と悩みながら、人間関係を通じて沖縄という島が持っている歴史や暮らし、人々の力強さなどを知っていく。女の子の父は心の病でときどき発作を起こす。その病気は沖縄戦のときアメリカ軍の砲弾をさけて逃げ回った状況を思い出させる風景に遭遇したことに原因があるらしい。この小説にはたくさんの大人や若者や子どもが登場する。人は人に癒され人から学ぶ。作者が小説の中に設けた「てだのふあ・おきなわ亭」という居酒屋はその人たちを結ぶ場であり、てだのふあとは太陽の子という意味だ。戦争の傷が消えず、都会を漂流している父親を救えるのは沖縄という島ではないかという期待は、最後に裏切られる。女の子に慕われ家族に愛されながらも父親は自死する。まるで昨日今日のニュースを聞いたような現実感がそこにある。

山下明生は東京生まれだが、全ての作品が海をテーマにしているといってよい個性派である。両親の離婚が動機で母方の里である広島県能美島で幼・少年期を過ごしたことが、海の作家誕生につながった。毎朝毎夕、海を眺め、魚を追ったり泳いだり、海辺で育つ子は五官に波や水温や生き物の気配をたっぷりしまいこむのだろうか。山下の幼年童話には特有の感覚が息づいている。その生い立ちを書いた長篇からは、物のない時代に貧しい生活環境にありながら島の子どもはどんなに自然の恵みを受けて育ったか、心豊かであったかが汲みとれる。

代表作『海のしろうま』（一九七二年）は、だいすきなだいすけじいちゃんと二人で暮らすぼくの海への憧れを描いたファンタジー。漁に出たじいちゃんをじっと待つぼくは、あらしの海を走るしろうまの話を信じ、それを見たいと願う。浜辺であった白い犬をしろうまの変装と思い幻の世界にひきこまれていくぼくを、じいちゃんや病気のかあさんは心配する。あらしの日に海に出たじいちゃんが帰らず、ぼくは海のしろうまに「じいちゃんをたすけて」とお願いする。しろうまの背に乗って海を走り、何百何千のしろいうまがせまってくる中、声を限りにじいちゃんを呼ぶ。熱に浮かされうなされて起きたぼくの顔の前に、のぞきこんだじいちゃんのしわしわの目があった。

児童文学の世界では、島はファンタジーの舞台としても魅力的な場だった。日本の児童文学にはファンタジーの成功作がまだまだ少ないが、リアルな感覚に裏づけられた山下のファンタジーは揺るがない世界を作っている。

長篇『カモメの家』（一九九一年）のあとがきには、次のような一節がある。「おとなになって島に魅せられたぼくは、世界じゅうのいろんな島をめぐりました。かぞえてみると、五十以上もいっています。だけどやっぱり、自分の育った瀬戸内のこの島が、地球上のどこよりもすきです。ある意味では、この作品の主人公は『島』だといっていいかもしれません。いわばこの作品は、ぼくから『島』へのラブレターです。」

四、生まれて打ち上げられる島

児童文学と島を考察するのに、私は外国文学の「ロビンソン・クルーソー型の物語」を引き合いに出してきた。後世の作家たちがその変形を書き続けたように、批評家・評論家・教育者たちも『ロビンソン・クルーソー』をさまざまに読み、論じている。

「子ども部屋の片隅にいるだけの存在であっても、自分で〈ロビンソン・クルーソー〉を演じることができる孤島を密かに想像したこともないような、そのように想像力に欠けたちびっ子はまずいない。」

「(島に置かれた子どもたちは) まず恐怖というものを感じる。難破した自分たちの親友ロビンソンと同じように、彼らもまた未知の土地に投げ出されていて、その土地をはっきり知るには、時間をかけてゆっくり探険しなければならない。」

先の言葉はウォルター・スコット卿、次はフランスの評論家ポール・アザールの文章から引いた表現だが、ここからは子どもの読者にとっての「孤島」が、どんな意味を持つのか考える手がかりが得られそうな気がする。

さらに、J・M・バリ（『ピーター・パン』の作者）の「生まれることは島に打ち上げられることである」という言葉がある。これはR・M・バランタインの『さんご島の三少年』に寄せた序文で述べたものという。バリはピーター・パンをケンジントン公園というロンドンの町の中の「島」で遊ばせ、妖精たちと戦わせ、その世界に永遠に住む子どもを生んだ作家である。

だから私は、生まれて打ち上げられる島をロビンソン・クルーソーの島とも珊瑚島とも決めず、バリの「島」に象徴性を読み取りたい。

瀬戸内の島々にも、北海道の半島にも、銀色のブリッジが架かる現代、孤島のイメージは日常からますます遠ざかる。文学の島の冒険、それは自分が打ち上げられた波打ち際から歩き出すことで始めなければならない。

（芸術至上主義文芸　32号　二〇〇六年一一月）

困難な時代にこそ

――自著を語る――

子どものころのことをよく覚えているね、といわれる。なぜそんなに？　とも問われるが、わたしにもわからない。大人になるのが遅かったのだろうか。いつまでも子ども時代を引きずっているのはまちがいない。

ときどき見る夢があった。なんだかとても狭い所にはいりこんで、身動きができなくなる。後ろに下がりたいのに、首も回らない。前方は、わたしの体の大きさに比べて絶望的に細い通り道で、だんだん苦しくなる。もがいて、もがいて、はっと目がさめる。この夢を何度も見るうちに、またこんなところに入ってしまったと夢の中でも思うようになった。そして、気づいたのである。おそらく、そこは、わたしが母の胎内から外へ出るために抜けなければならなかった産道なのだろう、と。

もし、人生の記憶を一本のフィルムに収めるとすれば、わたしの場合は最初に悪戦苦闘の場面がくることになる。今回出版した本には「最初の記憶とはじめての本」の一文があるのだが、この夢にはふれていない。推量の部分があるからだ。

わたしの一番の関心は、幼年期にある。このころの記憶が切れぎれだったり、あやふやだったりするのはしかたがない。ほんとうに自分が覚えているのか、それともだれかに聞かされたのか、区別がつかないこともある。ただ、些細な事実の根っこには言葉にならない幼児（おさなご）の意識、いや無意識といってよい地層が堆積しているような気がする。そこには幼年期に味わった感情さえもが、深くしみとおっているかもしれない。自分にとって不分明な幼年期を含めた子どもの「時」は、謎に満ちた世界だ。わたしは、わずかな記憶をたよりに、その世界に出入りできたらと、願い続けてきた。

版画家の三好まあやさんと話していると、目の前に、もうひとりの小さいまあやが現れたような錯覚が起こる。わたしにとって、子ども時代を生き生きと語ってくれる友人は貴重だ。今回は、表紙と本文中のたくさんの装画で、この本の世界を広げてくれた。彼女と作業を進めながら、わたしは本の題名が心に浮かんだのだった。『子どもの時のなかへ』という書名は読者にどう受け取ってもらってもよい。ある人は、即座に自分の子どもの時の思い出に帰ったという。また、育った時代は違っても、子どもには共通する興味や遊び方があると共感を寄せてくれた人もいる。

児童文学を志してものを書くようになったわたしは、この本では置き去りにした子どもの読者が気になるが、今は大人にもまた「子どもでいる時間」があってほしいと思う。困難な時代にこそ子ども（自分）を取り戻し真直ぐに生きたい。この本がそんな手立てになるとしたら、ほんとうにうれしい。

（影書房通信　No.25　二〇〇四年一一月）

V

故郷の川を遡る鮭の背に

ことしも、鮭が産卵のため故郷の川に上ってくる季節になった。北海道に生まれたわたしは、鮭のことをアキアジと呼んで育った。漢字を当てると秋味で、季節感そのものの日本語のようだが、広辞苑にはアイヌ語のアキアチップが転じた語とある。鮭を主食の位置におき、カムイ・チェプ（神魚）とまで称したアイヌの人たちの言葉が、やはり源にあるのだ。

一年前、わたしは登別川を上ってくる鮭を橋の上から目撃した。少し濁ってゆったりと下る流れの中に、黒っぽい大きな魚影が見える。流れに逆らうような烈しい動きはなく、わずかに尾鰭を動かして前へ出る。そこは潮の匂いがしてくるほど河口に近い所なので、鮭は海水から淡水へ身を慣らしているのかもしれない。こちらに一匹、あちらにもう一匹、川面から射しこむ秋の陽を吸いとって休息しているようにも見えた。

その日は九月一八日、『アイヌ神謡集』の編訳者知里幸恵の命日で、橋の上にいたグループは近くの丘にある墓に参った帰りだった。初参加のわたしは皆に従って歩きながら、故郷の土の匂い、草の匂い、水の匂いに、鮭のように満足していた。一行は、川に沿う道から少し小高くなった地に建つ古い民家の庭に出た。そこは、数年前、幸恵の姪である横山むつみさんが、夫とともに東京から移り住んだ父祖伝来の土地だった。幸恵が最後にもう一度帰りたいと切望したヌプルペッ（登別）である。

一九二二年五月、上京した知里幸恵は、金田一京助のもとで、伝承のアイヌの物語をローマ字で記すノート作りに励む。梅雨が明けて暑さが勝るなかでの作業は、北国育ちで心臓病であった幸恵にとって、きびしいものになっていった。そして、夏の火が燃え尽きるように、幸恵も命尽きた。一九歳だった。むつみさんは、伯母が残した仕事を身を持って理解し、受け継いでいくためにも、自分自身が生まれ育った地に帰ることにしたのだろう。

そういえば、橋の下の鮭も、とがった口先をしっかりと上流に向けていた。黒い背は不動の意志に貫かれ、帰るべき水源の場を目指している親鮭の背であった。産卵は個体の終焉、生涯をかけた果ての行為となっても、鮭は狭まる川の急流をかけ上っていくだろう。そこにも、知里幸恵の精神《こころ》が宿っているような気がしてならない。

（『女のしんぶん　二〇〇一年九月二五日）

民族が子どもに伝えるお話

『アイヌ神謡集』や『知里真志保著作集』の中の語りや歌謡を読んでいると、私はその世界にどこまでも入っていき、終わるのが惜しくてたまらない思いをする。ローマ字読みで音を拾い、和語訳を手がかりに独りで学ぶしかなく、学ぶというより自分勝手に親しんできた。アイヌ民族が口から口へと伝承し、その採録者が文字にするのにどんなに苦心したかといったことは、実際あんまり考えないで、自由にお話を享受させてもらっている。

児童文学を志す私は、グリム童話やイソップ物語をはじめとして、国や民族に伝わるお話に関心を寄せてきた。伝説といわれるもの、民話に括られるものなど多様だが、昔から人間は何に興味を持って生きてきたのかがわかるような気がする世界だ。人びとは暮らしの中から語り継ぐべきことを選び取り、付け加え、民族の持つ想像力を働かせて物語る。その重なりが文学の基を成しているのだと思う。イギリスのファンタジーやドイツのメルヘンその他、後世に多く創られたお話も、どこかでそれぞれの国の古層を流れている地下水脈につながっている。そこから沸き出す豊かな泉の水を子どものためのお話の器に汲み上げていると思える。まだ歴史の浅い日本の創作児童文学は、水脈に至る井戸を掘りあてていないのではないかと自省をこめて考える。

もちろん私は日本の民話も読んできたつもりだ。東北地方はその宝庫といわれ、独特の語り口まで受け継がれている。日本列島には点在する島にさえ特有の話が残っている所がある。北海道はどうか。この広い大地は、先住民によってくまなく地形に沿った呼び名を与えられ、海や山や森に住む動物たちが人間よりもさらに古い先住者として尊重され、精神世界の存在ともなっているようだ。北の土地になじんだ物語は、そこに生まれ継ぎ、育ち継ぎしてきた者たちに自然に肌で受け止められる。私は日本のどの地方の民話よりも、『アイヌ神謡集』の世界に心が躍る。

祖父母が若いときに日高や室蘭へ移住してきた私の家系は、ついに他所者で侵入者でもある。しかし、私はこの地で産まれ、ここに生え育った。室蘭の浜っ子であった父は、子どものころから泳いだり釣りをしたりした場所を教えてくれた。ときには地名の由来話を後で仕入れた知識をひけらかしながら語った。おかげで私は早くからアイヌ語地名を意識するようになってしまった。

私にとって『アイヌ神謡集』はどのように面白いのか、もう少し具体的に考えてみたい。まず最初のお話「梟の神の自ら歌った謡」。「銀の滴降る降るまはりに」とはじまる節は原語の音をころがしてみると響きが快く、子どもの声が似合いそうである。この歌を歌いながら、フクロウ神は村の上を飛び、空から見る下界の様子を語る。鳥の視点、まさに神の視点で人間の世界を見ると、昔の貧乏人が今お金持ちになっていて、昔のお金持ちが今の貧乏人になっていることが、一目で判る。時空を超える広がりを一挙に獲得できる。そして子どもたちの登場だ。お金持ちの子と貧乏人の子とが反目し合っている。お金持ちの子は金の小弓に金の小矢を番《つが》えてフクロウ神をねらうが、貧乏人の子の弓矢はただの木でできていて、みんなにばかにされる。それでも負けずに子どもは的をねらってくる。不憫に思ったフクロウ神は、その子の矢を受けて取り、足下へくるくると舞い降りる。貧乏人の子の家の客となったフクロウ神は、礼節を尽くして迎えられる。そこで夜のうちに家いっぱいに神の宝物を恵み、美しい着物を飾り付け、家までも大きく立派に作り替えてしまう。

夢でお告げを受けた家族は、翌朝ほんとうに大きな恵みを受けたことに驚き感謝し、盛大な神送りにとりかかる。村の人たちを招き、その場で貧乏人と金持ちは一族の者として仲良くしていくことを話し合う。フクロウ神は大いに満足して神様たちの国に帰り、天上でもほめたたえられた、と終わる。心根の良い貧乏人が財をあたえられ報われるお話は民話によくあるが、ここでは個人の暮らしが良くなることよりも、社会との関係が回復されているのに注目したい。

アイヌ民族の理想社会は、狩猟で得た食物を公平に分け、だれのものでもない自然の恵みに感謝し、助け合って生きていくところにあるという。フクロウ神は村の守護神で、村人が病いや諍《いさか》いで困っていれば、それを取り除くことに力を貸す。カムイユカラを口伝えするなかで、人間のあり方や社会の働きを納得し確信していたのだろうか。

『アイヌ神話集』にある他のお話では、キツネやウサギ、オオカミ、カエル、カワウソ、ヌマガイなどが、それぞれの冒険やいたずらを語る。たいていが「つまらない死方、悪い死方」を諫《いさ》めながら命を落とすのだが、少しも教訓的ではない。身の回りにある動植物を生活者の目で観察し、その存在をきちんと認めていたことが伝わってくる。そして、私はそこに子どもたちに伝えたいことをたくさん発見する。

知里幸恵についても、一言添えたい。『銀のしずく』*にある日記をたどっていくと、上京してからの金田一家での緊張の続く日々が、次第に息苦しくなってくる。その中で幸恵自身がほっと息をついているのは子どもに接しているときだ。赤ちゃんは、むやみに幸恵の顔を引っかいたり、泣き叫んだりするが、愛する存在になる。小学生の坊ちゃんは無邪気な遊び相手で、幸恵がほんとうに心を通わせることができたのは子どもにではなかったかと思える。坊ちゃんには上京早々からグリム童話を読んでやり「お伽噺を読むと、私も天真爛漫な子供になってしまふ」と心を傾けている。

幸恵は両親にも兄弟にも、いや接する人びと全てに心遣りを持ち誠実に生きた。自立した精神を持った大人の女性になっていた。もし、その精神で子どもを対象とする文学に携わったなら、彼女の心からの仕事ができたかもしれないなどと空想する。

＊『銀のしずく　知里幸恵遺稿』　草風館　二〇〇一年四月

（『知里幸恵『アイヌ神謡集』への道』収録　東京書籍　二〇〇三年九月）

アイヌ語で育った最後の子どもたち

少し昔に出版された『エカシとフチ』*という記録集を読んでいて、語り手たちが知里幸恵と同時代の人であることに気づいた。幸恵が生きていれば、この本でわが生涯を語る堂々としたフチになっていただろうか。あまりにも若くて去ってしまった人には、想像をめぐらすことにも、ためらいが先に立つ。

明治・大正・昭和を生きたフチたちが語っていることの中で、私が心ひかれたのは、アイヌ語をめぐる子どもの思いである。

「シサムイタㇰ（日本語）が出来なかったので、アンコロイタㇰ（アイヌ語）ばかり話していたもんだ。学校では名を呼ばれると、はいと答えることも覚えた。おらも苦労したけど先生も苦労したと思うな。」

「炉の縁で年寄りたちがサコロペとかをやっていればね、『ああ楽しいなあ』と子どもも心にも思ったよ。血が騒ぐっていうのかね。」

学校では日本語を強制され、家ではアイヌ語に親しみを感じながら育った子どもたち。その子どもたちの日常には、まだまだアイヌ民族の暮らしの豊かさがあり、サコロペという英雄詞曲なども子守歌のように耳に届いたのだろう。

口伝えに耳から入るお話は、音やリズムとともに全身で記憶される。書かれたお話は文字としての意味が先立ち、頭で理解されてしまう。子どもにとって受けいれやすいのは断然、音の方である。ユカㇻをノートにとっていく作業に没頭した知里幸恵は、口誦の音をローマ字で記し、さらに文字での和訳を試みた。それは謡う文学と書く文学のはざまでの創造の仕事になった。

いま、その仕事を受け止めようとするとき、私は幸恵の幼少時に身を置いてみたい。同時代のフチたちが証言するようなアイヌの子どもになって、二つの言語、音と文字、さらには自然と人間の暮らしにも分けいっていきたい。私の内にある知里幸恵の風景に近づくために。

＊『エカシとフチ　北の島に生きたひとびとの記録』　札幌テレビ放送株式会社　一九八三年一二月

（室蘭民報　リレー連載「知里幸恵の風景」5　二〇〇五年八月二五日）

近代女性史の中の知里幸恵

一九二二（大正一一）年五月、知里幸恵は東京をめざして故郷を後にした。登別の母に見送られて船で室蘭港を発つ。後甲板に立って遠ざかる町を見つめ、折りからの夕陽に全身を染めた少女は、この時の気持ちを「堪らないほど心細くなったんでした」と、後に手紙で書き送っている。もう戻ることのない孤独な旅の始まりであることを予感したのだろうか。

この時を一〇年遡った一九一二年は、明治から大正へと改元があった年で、社会の動向は大きく変わりつつあった。女性史の上では前年の秋に、平塚らいてうたちの『青鞜』が発刊され「新しい女」が注目された。地方から上京する女性たちは、女優、声楽家、作家や記者を志し、その道で自立し、名を馳せた人も出た。一般の女性もモダンガールに憧れ、洋装で街を行き、職業婦人が生まれた。

幸恵の上京はこうした時代の波の中にあったはずだが、彼女は東京をどう感じたのか。「東京！　大日本帝国の首府である此の東京の地を一歩ふみしめた時の気持ちは？ときかれても、私は何にもかはった答はまだ出来ません。」（『銀のしずく』）着いてすぐの感想だが、率直で、少し皮肉をこめた表現、いや痛烈な違和感の表明ではないか。この後、新しく書き出した日記では、東京の人の言葉の裏にある差別観に気づき、「私はアイヌだ。何処までもアイヌだ」と心の叫びを上げる。そして残暑の中、『アイヌ神謡集』の校正に全力を尽くす。それはなんとしてもやりとげなければならない幸恵の生の証しであった。

これまで、女性解放を柱とする女性史に、知里幸恵が位置づけられることは、ほとんど無かった。幸恵は短い生をかけて何と戦っていたのか、いかに孤独な戦いを強いられたか、私たちは学び直さなければと思う。現代に生きる私たちもまた、あらゆる所にある差別、生まれ続ける差別と向き合っているのだから。

（室蘭民報　リレー連載「知里幸恵の風景」9　二〇一二年九月一四日）

八木文学の根と室蘭

八木義徳生誕百年、という。一世紀を生きる人が珍しくはなくなったいま、生きておられれば……と、ふと思う。私にとっては、母や叔父と同年の人であった身近さから、手を伸ばせばまだ届きそうな気がしている。

八木文学を愛し読み続けてきた人たちには、いろいろな世代の人がいることだろう。若い読者にとっては、百年前の室蘭に生まれ育った作家は歴史上の人物のように遠い存在かもしれない。それでも、自伝的な作品を手がかりに近づいていけば、いまも室蘭の街に小説の世界が立ち現れるのではないかと思う。

私は「雪の夜の記憶」という作品が好きだ。こんな一節があって、始まる。

「あれはたぶん私が数え年で五つか六つのころだったと思う。大晦日の雪の降りしきる夜、私は家を飛び出したのだ。（略）何かのいたずらがみつかって、例のごとく祖母のお仕置きで納戸に閉じこめられ、そこから脱出を図ったのにちがいない。」

幼い主人公は乳母の家を目指して、夜の道を一心に歩く。二つの坂を越え畑の道に入ると、急に雪が深くなった。ずぶずぶと胸まで埋まり、雪に溺れて、やがて甘美な眠気に襲われる。沖仲仕の男たちに発見され、乳母の家の囲炉裏端で目をさました「私」は、助かったいきさつを聞かされた。のちのちまで語り草にされ、「私」の中で結晶していく幼い日の回想である。まぎれもなく室蘭の地に生まれ成長し、青春の志を抱いて挫折を味わい、それでも文学の道を選び築いてきた作家は、この作品の冒頭で自分を振り返る。

「私自身は、故郷である北海道のM市をはなれてもう三十年に近い人間である。本籍地も墓も東京に移してしまっている。そういう意味では、私はすでに『故郷喪失者』というべき人間であるかもしれない。だが故郷とは血のなかに存在するもので、役所に提出した一片の紙きれや、冷たい墓石のなかに存在するものではあるまい。」

作家自身の立ち位置を確かめる、このような告白は、作品でも座談でも繰り返されている。

「私はその故郷をはなれてもう二十年に近い。北海道に対しても私はすでにエトランジェになってしまったようだ。」（「霧笛の室蘭」昭和三〇年）

「私は故郷を遠く離れ住んで、もう四十年以上にもなる人間である。」（『壊れかかった家』あとがき　昭和四八年）

「私自身は室蘭を離れてすでに五十数年になる人間である。が、年を取るにしたがっていよいよなつかしく思うのは、わがふるさとの美しい自然である」（「ふるさとに寄せて」昭和五九年）

室蘭を離れて他郷に住んでいるということが、八木義徳の中でどんな意味を持ち、どのように作用するものだったのか。その不在の歳月を律儀なまでに数え続けたのは、単に時を重ねることの表現なのだろうか。

やがて、作家はこれらの疑問にも作品で答えてくれた。連作『遠い地平』の執筆が昭和五七年に始まり、その第一作「帰郷」は「十七年ぶりの帰郷だった」と、一気に時間を遡る。喪失した故郷を取り戻す作品が書かれたのだった。

それは、作家自身の中に深く根を下ろすものを掘りあてる作品群である。さまざまな人間の生が語られ、たくさんのこだわりが解き明かされる。そのようにして、時は熟成していたのだ。そして、場所あるいは土地もまた、人間の中で他にない場所、その人の土地になる。なかなか帰り着けなかった故郷・室蘭に、八木文学の根が埋まっていたといってよいのではないかと思う。

この春三月、私たちは東日本大震災の惨苦を味わった。「故郷喪失」という言葉までずたずたになって意味をなくしてしまうような、全てが無に帰った現地の光景は、目にやきついて消えない。

その東北の海続きにある室蘭を、いま私は思い浮かべている。八木義徳は「年をとるにしたがっていよいよなつかしく思う」美しい自然を、故郷に見ていた。その土地には、いつでも生来の自分を取り戻させる不思議な力がある。故郷の自然のその力を信じるナチュラリズムとでもいおうか。

そして、自然への傾倒には、大地を揺るがす地震や何もかもを破壊する津波の災いを受けとめることも含まれなければなるまい。加えて、いまや自然の敵ともなりつつある人間社会のさまざまな害悪がさらけだされたことも、認めなければならないだろう。

生誕百年を越えて、八木文学は読み継がれる。そうして、私たちは、その作品から何を受け取っていこうとしているのか。まだまだ汲み上げていないものがあるのではないか。私は、八木文学の中の自然をもっと深く探ってみたいと思うようになった。

（八木義徳作品市民感想文集　二〇一一年九月）

イザベラ・バードとわたし

その1　バードの北海道——函館・室蘭から北の奥地へ

函館を出た東室蘭回りの下り列車は、市街地を走りぬけ、やがて畑や林が点在する広い空間に出ていく。ポプラの木が天へ向かって細い枝をまっすぐ突き上げている。この独特の樹形を見て、初めて北海道を訪れた東京生まれの友人は、異国に来たようだといったっけ。この地に生まれ育ったわたしは、そのとき友人がいったエキゾチックという言葉が、なんだかくすぐったかったのを思い出す。

開けた大地が続いたあと、列車は突然のように自然林にはいり、人家は消え、晴天の空が陰ったようにうす暗くなった。丈高いマツが身を寄せあい、その根元にはクマザサが密生している。台風による倒木も多く、荒々しい森の中を行く。それでも、ここは五月を迎える頃なら芽吹きの緑が一帯を染めるし、夏だとイタドリの白い花が雪のようにこぼれている。

停車駅の大沼公園を過ぎ、さえぎるものがなくなった車窓に、忽然と山が現れる。長い裾野を持ち、とがった頂上から肩へとすべりおちる線が馬の背を思わせる。駒ケ岳だ。この山は見る角度によって違った姿に変わり、秀麗と見えた山が巨大な赤土の塊になったりする。特に列車から眺めると、四角の窓枠に収まらないときがある。山は不動でなく、手足をのばして躍動しているイメージだ。

山の姿が遠くなったところで、列車は海辺に出る。大きく丸く描かれる内浦湾の沿岸をなぞるように鉄道が通じている。こちら側の森駅からはるか対岸に見えるのが、わたしの行く室蘭だ。その町の高校を卒業して東京へ出てから六十年近く、わたしは年に数度は帰っているから往復の回数は相当になるはずだ。観光客の多くは空路での北海道入りを選ぶが、わたしは迷わず陸路にする。それは、この沿線をゆっくりと運ばれて帰りたいからで、わたしの家路ときめている。

イザベラ・バードが北海道の土を踏んだのは、一八七八（明治一一）年八月のことだった。英国の女性旅行家として北アメリカやカナダへの旅をし、著作もこなしてきたバードが、東洋の島国日本へ目を向けたのはなぜだったのか。理由はいくつもあるだろうが、一つはっきりしているのは、アイヌ民族への関心である。日本の奥地を歩き、さらにアイヌの人たちや暮らしにふれて、言語や風俗習慣、その自然観、宗教的観念などを知りたいという強い願いを持っていた。

その年、五月に横浜に着いて、旅の準備を整えたバードは、通訳兼ガイドに一八歳のイトー〈伊藤〉を雇った。六月九日、二人は東京の英国公使館を出発し、粕壁に一泊。北への旅は日光、大内、新潟、上山、金山、秋田、青森へと上っていく。津軽海峡を越えたのはちょうど二か月後だった。

人力車や馬を使っての長い旅に疲れたバードは、函館の教会伝道館で休息する。そこには本国からの便りが二十三通も来ていた。「英国人の家の屋根の下の暖く静かな所でそれらを読むことができるのは、どんなにうれしいものか」と、妹へニーに書き送る。バードの旅行記[*]は、旅先から数日おきに妹宛に出される手紙の形をとっていて、そのときそのときの見聞や感想がいきいきと伝わる。

＊『日本奥地紀行』高梨健吉訳　以下引用はこの本から

八月一七日、いよいよ北海道の旅が始まった。函館の英国領事の働きかけで、バードには開拓使の〝特別優遇許可証〟が出ていた。彼女は開拓使所有の馬を提供され、爽快な気分で出発した。函館を起点に森へ到る道は函館新道と呼ばれ、のちに札幌本道にまとめられるが、明治五年には完成していたという。

その頃から流れた歳月は一四〇年余り。現行のＪＲの列車から見る景色は、どのくらい変化したものなのだろうか。バードが馬を歩ませていった道を辿ってみた人たちがいる。函館を出てから平坦だった道が山越えにかかるあたりで、バードは記している。「道中の大半はひどく嫌な道路であった」と。そこは無沢《むさわ》峠道という所で、開削当時も今も雨で損壊することが多いと、確かめられている。

さらに進むと、すばらしい景観が目に入ってきた。「高い丘の頂上から北を望むと、密林に囲まれた三つの美しい湖の上に、火山の裸で赤い山頂が聳えている。これらは赤色に染められた断崖であり、裸岩の露出である。緑一面の本土にいたとき私が見たいと憧れていたものである。」

三つの湖は大沼、小沼、蓴菜沼《じゅんさい》であり、火山は駒ケ岳。バードは火山の裸の姿、赤土色の崖や岩を抱きとるように、じっくりと見ている。しかも、彼女は本土の緑あふれる行路にあって、それを見たいと憧れていたとまでいう。期待通りの北海道の大地の姿、むき出しの厳しい自然に向き合っていこうとする気迫を感じる。

八月一九日　蓴菜沼と森で泊ったあと、バードたちは森蘭航路の船を待った。森から室蘭へは海路を行くしかない。ここも札幌へ行くルートとして開設され、明治五年から定期便が通い、運賃なども開拓使が認めていた。

午後、室蘭から森に着いた汽船は、すぐに折り返して出航する。「好天気の日で、美しく青い海には波頭が白く泡立ち、湾の南端を示す火山から上る赤い灰が日光に輝いていた。」バードは、この日もまた、駒ケ岳に目を注いでいる。

急な崖が海から屹立している海岸を、バードは目の前に見たはずだが、記していない。この先に馬車道を通すことは、まだできなかった時代、高い船賃を払えない人たちは、どこを往き来したのだろうか。現在は波が岩を洗う海岸近くを縫っていく鉄道と、高台を走る自動車道が通っているが、大小のトンネルの多さが、難工事をしのばせる。わたしが利用する特急列車は森から二時間ほどで東室蘭に着く。明治一一年のこの日、バードが乗った船は六時間もかかって室蘭港に入り、艀《はしけ》に乗りかえて上陸した頃は、宿屋の番頭たちが持つ客引の提灯の波が水面に映える夜になっていた。

八月二〇日　室蘭での一夜を、バードはどこに泊ったのか。「たいそう貧弱で汚い宿のたいへん小さな部屋しか手に入らなかった」と書き残された宿には、諸説あって面白い。トカリモイ桟橋を起点に始まる札幌通りには、馬車会所、郵便局、病院などが並び、その間のあちこちに旅館があった。

この朝、バードは宿の玄関にとめた人力車で、引き手の車夫がこないまま、半時間も待たされた。そのあと、彼女は近くの坂を登って、若い日本人測量技師と出会い、立ち話をしている。それで、室蘭電信分局のある、この坂道に近い「中宿」が前夜の宿ではないかとする説は、わたしにも納得できる。それにしても、この時のバードは、宿のことや人力車のことなどにとらわれず、自分から次の行動を起こしている。歩きまわって、アイヌ村の場所など土地についての情報収集をする。彼女は旅の目的地に向かって着々と歩を進めているのだ。

三人の車夫に引かれて、バードは見晴らしのよい上り坂の頂《いただき》に立った。道路工事の一番の難所として知られ、仏《ほとけ》坂と呼ばれるようになった場所だった。そこからの眺めは、室蘭一の港の風景として昔も今も人びとが認めるところだろう。「森の茂った険しい坂町である。山は深く森林に覆われ、大きな葉の蔓草がすっかり絡みあっていて、水際まで急な傾斜となって下っている。葡萄の花綱が静かに海面に姿を映している。」

夏の盛りを過ぎようとする季節、バードの目には水際まで垂れ下がった草木の繁茂する姿が印象的だったのだろうか。

一行は、坂の町を上がったり下がったりしながら、港とは反対側の外海の波が打ち寄せる砂山の道へ出ていく。「はじめて私は五〇〇〇マイルも広がっている海原」を見て、太平洋の眺めに感動している。この旅に出る前、彼女は横浜まで太平洋を運ばれてきたのだが、それ以来のことというより、初めての太平洋、大自然の海を目にしたかのようだ。そして、ここから先、札幌本道は幌別、登別、白老、苫小牧と、太平洋岸を北上していく。

幌別の駅逓でも、人力車を引く者がいないといわれて、また一悶着が起こる。ここで車夫の代りを引き受けてくれたのは三人のアイヌと少年だった。「(彼らは)非常に親切で丁寧であったので、私は未開の人々の中にただ一人いることをすっかり忘れた」という。白老までのさびしい道は、沼沢地が多く、道路が崩れている所もある。丸太を渡した川を渡ろうとして、バードは足がすくむ。すると、キリストに似た面差しの一人のアイヌが川に入り、担いで渡ってくれた。バードは、次の日もアイヌ人に車夫をたのみ、途中でいっしょになった若いアイヌ婦人たちともににぎやかな旅を楽しむ。

苫小牧で「道路と電線は内陸に向い札幌に至る」分かれ道にきた。バードは馬で行く道を選び北東を目指す。札幌に至る「よく人の往来する道」から離れて「うれしかった」といっている。札幌本道が行きつく、北海道の文明開化の地へ、バードは往きも帰りも寄ろうとしない。ここからは自分の鞍をつけた馬に乗り、人家もまばらな原野を行き、解放感に浸っている。「型にはまった文明社会と日本旅行の各種の束縛から離れて孤独な大自然と自由な空気の中へ入ることはとてもよいものである。」

バードの旅はいよいよ奥地探検の目的地に近づき、煮つまってきた。念願のアイヌの村、平取に入ったのは八月二二日、それから二六日まで滞在している。はるばる海を越えてきたことを思うと、短い日数だが、バードは精力的に行動する。朝も夜も質問を重ねて話を聞き、アイヌ語を発音通りに綴って三〇〇語も採取できたといっている。別の日には、二人の少年が漕ぐ丸木舟に乗って沙流《さる》川を遡り、暗い森に包まれた川の上で静寂を心ゆくまで味わった。さかんな知識欲だけでなく、人びとの中に入り、自然を観察し、そこに身を浸すことが、彼女の旅を豊かにしている。

近年、イザベラ・バードに関心を寄せる人が増えて、情報もずいぶん多くなった。バードが歩いた道を行ってみたい、同じ風景を眺めたいと実行する人。一人でこつこつと足跡を掘り起こし、埋もれた事実を本にまとめた人。それぞれの関心は多様といっていい。みんなさまざまに自分の胸で温めてきたイザベラ・バードという女性がいて、彼女を通じて共有できるものがあり、つながるものが生まれていくのはうれしい。

数年前、わたしに声をかけてくれたのは「イザベラ・バードの道を辿る会　白老部会」の人だった。インターネットで、バードのお墓をめぐる情報を探しているうちに、つながったという。わたしは「日本スコットランド協会」のツアーで得てきた体験を伝えた。

平取に事務局を置く「辿る会」の人たちは、バードの足跡を確かめながら要所に解説板を設けたり、ウォーキングの企画をして呼びかけたり、若い人がたくさん参加しているようだ。その活動もあって、北海道に入ってからの道が、くわしく把握されるようになった。白老、礼文華《れぶんげ》、勇払《ゆうふつ》などでは、その地に在住する人が豊富な資料を検討して、研究論文が生まれている。

二〇一〇年の秋、わたしは室蘭に帰省していて、たまたま旧室蘭駅舎を会場に古地図パネル展が開かれているのを知った。墓参の帰り次の列車まで時間があったので、のぞいてみた。この地方の古い地図にはどんな変遷が記されているのか、時間をかけて見なければつかめない。パネルの横に立っている主催者とおぼしい男性に、わたしはその時思いついた質問をした。

「あのう、明治の一〇年代に、イザベラ・バードという女性が室蘭に……」

そこまでで、男性は温厚な顔をほころばせ、うなずいた。かばんから地図のコピーを一枚取り出し、渡してくれた。

「これがバードの来たころに一番近いものです。室蘭では札幌通りといっていますが、この道をずうっと通って……」

思いがけなく、詳しい話が始まった。わたしがおどろいたのは、バードが帰りに通った道について聞いたときの答えだった。

「帰りにも室蘭へ来ていますが、鷲別《わしべつ》のあたりから山へ入るモロラン道を行っています。楽山《らくさん》、知利別《ちりべつ》川、八丁平《だいら》。わが家の近くも通っていて、わたしの散歩道ですよ」

名刺をもらうと住所は天神町、地方史研究会のメンバーとして名だけは知っていた

Ｉさんだった。イザベラ・バードは、Ｉさんにとって散歩道でつながるような身近な人なのだ。いや、わたしにとっても急に近所の話になって、この地への親愛感がどっと押し寄せてきた。なんと楽山は、知利別小学校に五年生で転入したときから、野外学習で写生に行ったり、日が暮れるまで遊びまわったりした裏山だ。八丁平には高学年の遠足で行き、それからも何度となく登っている。見慣れて育った、その山や丘の古い道を、馬に乗ったバードが背中を見せて、ゆっくり遠ざかる姿が想像できた。

平取から函館への帰路を、バードはゆるゆると一八日かけて戻っている。奥地を極めて気持ちにゆとりができたのか、思い立ったことを自由に行動に移していく。荒れ果てた寂しさに魅せられた勇払には、もう一度来たいと思っていたのを実行し、再び宿泊する。馬を乗り回し、孤独な自分に返る時間を持った。白老では、火山に興味が湧いて、樽前《たるまえ》山の噴火口をどうしてものぞいてみたいと、単独で登山を決行した。さらにバードは、イトーが来たときと同じ室蘭からの海路を取りたいというのに、断固として噴火湾沿いの村々を行く陸路を選ぶ。

九月二日、その分岐点になる幌別にやってきた。「ひどい天気の日で、深い霧が山の姿を隠し、海上に重くたちこめていた。しかし誰も雨が降るとは思わなかったので、私は人力車を室蘭に送り返し、馬を手に入れた。」

やがて降り出した雨の中を、一行は街道を離れて人の通らない小道へとそれて行く。沼地を通り、増水して激しく流れる川を渡り、山の中に入った。「そこで私たちは、古ぼけた道を八マイル進んだ。」

江戸時代からの古道が記された地図に、バードの一歩一歩の地点を重ねたIさん作成の図を広げてみる。八マイルといえば約一三キロだ。モロラン道は険しい山道が続く難路といわれ、おそらくは天気のよい日でも足元は悪く、難儀ではなかったろうか。それは、室蘭岳の山裾に広がる蘭北台地に山から下る幾条もの沢水が作った谷と川を乗り越えていく道だからだ。鷲別から入ると渡る川はライバ川、ワシベツ川、チリベツ川と耳に親しいものの他に、小さな流れや無名の川まであり、数えると一四本以上にもなる。しかも、バードたちは台風の雨にも見舞われていた。

「あっという間に川は激流となって、ほとんど歩いて渡ることが不可能となり、道を寸断してしまった。」「水や石は後ろからどんどん流れてくるし、頭上にはあらゆる蔓草が縺れあっており、首をひっかけないようにしたり、足の弱い馬をちゃんと歩かせるようにしながら馬に乗って進むのは、非常に苦労なことであった。」「このようにして四時間も続くと、道は突然山腹の下りとなり、旧室蘭におりて来た。」

幸い、この日は商人の家の大きくて気持ちのよい部屋に泊り、夜遅くまでかかって濡れた衣服を乾かすことができた。道なき道を行く苦闘は、北海道の旅では白老で体験し、この先の礼文華でも繰り返される。バードの帰路の室蘭は、山越えの散々な一日で終ってしまったのだった。

イザベラ・バードは各地で目にする絶景を、さまざまな表現でほめたたえている。北海道でも、室蘭は「絵のように美しい小さな町」であり、「湾の美しさは何物にもひけをとらない」という。白老は「たいへん好き」になり、樽前火山の下の円錐山はハワイのカウアイ島にある古い山と似ている。そして白老の朝は「スコットランドの高地地方で雨の来る前にときどき見られるような快晴の朝」であった。

初めて勇払の野に立ったときは、うねうねとした砂地の草原を見て「これはヘブリディーズ諸島の砂地に似て、砂漠のようにもの淋しく、ほとんど一面に矮小な野ばらや釣鐘草に覆われている」と記した。

自分が見た風景、知っている山の形状や地層、その地方の天候の変化、乱れ咲く花々の特長と種類。何であれ、知る限りを傾けて目の前のことを受けとめる。ここにある「矮小な野ばら」は他の所でも「深紅の花を咲かせ、オレンジ色の実をつける」という説明があるから、ハマナスである。

ハマナスといえば……、わたしはスコットランドで、この花と出会ったのを思い出す。北のオークニー島へ飛ぶためにアバディーン空港に着いたとき、バスを降りた駐車場の脇に小さな花壇があった。ハマナスの一株がそれこそ矮小な花をつけていた。ここはハマナスの咲く北方の地だった！　と、打たれたように、わたしは思った。

花や地質や風景が似ている、同種だと発見するのは旅の楽しみではある。バードは北海道を歩きながら、北方のスコットランドを思い出す。その思いを強く誘ったのは、勇払の地であった。「ここは私の心をひどく魅了した。」「その魅力は、この土地の持っているものよりも持っていないものに有り」「荒れ果てた寂しさがこれ以上先にはあるまいと思われるような、地の果てといった感じがする。」

バードは、これまでになく自分の心の内側に錘を下ろしていく。彼女の立っている所はこの先はないといえる地の果てだ。それはもう寂しさというしかないものなのだろう。そこで、この土地の持っているものより持っていないものに魅かれるという言葉は、どう受けとめればよいのか。

このとき、イザベラ・バードは四七歳。心に屈託するものをたくさん持っていたことは推し量ることができる。しかし、この後の人生を彼女は世界に向かって一層広げていった。日本の旅のあと、カシミール、インド、ペルシャ、アルメニア、朝鮮、中国、モロッコに足跡を残している。これらの地は、やはり未踏の地に通い合うものだった。そこで、バードは勇払の地の果てに重なる風景、彼女が魅了される土地そのものの最奥にあるものを探し求めていたとはいえないだろうか。

たとえば、それは手つかずの土地の原初の姿、あの火山の裸の姿にも似たもの。バードの目には、そこに無いものが際立って見えてくる。そうして、いつか彼女はスコットランドでもどこでもない自身の中の故郷に辿りつくために、旅を続けていったように思えてならない。

（書き下ろし　二〇一三年五月）

参考文献

『日本奥地紀行』イザベラ・バード　高梨健吉訳　平凡社東洋文庫
『完訳　日本奥地紀行』イザベラ・バード　金坂清則訳注　平凡社東洋文庫
『イザベラ・バード紀行』伊藤孝博　無明舎
『白老フットパス編』イザベラ・バードの道を辿る会　白老部会
『イザベラ・バードの礼文華通行記』荒　教昭　豊浦町郷土研究会
『イザベラ・バードと勇払』山上正一　勇武津資料館
『イザベラ・バードの通った道　明治一一年の室蘭を辿る』井口利夫　チリペッ郷土研究資料室

その２　夏の終り、エディンバラの墓地を尋ねる

道の片側に分厚い石の壁が続いていた。人の身の丈よりずっと高く、ざらざらと表面が風化し、苔まで生えたそれは、城壁のように居座ってどこまでものびている。壁の内側に何があるのか知りたいのに、見えず聞こえず、どうやら向こうは静寂が支配しているようだ。早く、どこか途切れるところを探して、中へはいる道をみつけなければ。

旅行者である私たち四人は、地図を片手に道しるべを探して歩く。スコットランド・ツアーの最終日、エディンバラでの自由行動の時間を当てて、ここへやってきた。

昨夜のこと。

「あしたはイザベラ・バードのお墓を探したいの。ディーン墓地って所なんだけど」

わたしの提案に、以前からバードに関心を寄せていた二人の友人が同意してくれた。

アドバイスをもらおうと思った大学教授のH先生が乗り気になってくれたのは、思いがけなかった。若いとき、この地を留学先に選び、学び暮らしたことのある先生の同行は心強い。調べてきたことなどを少し話すうちに、早速一つ指示が出た。

「もっと詳しい、通りの名がはいった街の地図がほしいね。買ってらっしゃい」

わたしはあわてて、本屋を探して街へとびだしたのだった。

その地図では、墓地全体は蝶ネクタイのような形になって、他の公園などと同じ草地を表わす緑色に塗られている。それが小指の先ほどの面積でも、実際には歩き尽くせない広さかもしれない。出入り口は一か所なのか。もう周辺を半周したのでは……。

気がつくと、わたしは前を行く三人からかなり遅れて歩いていた。先頭をきっていたリーダーの友人が、遠くで何か叫んでいる。

「こっちよ。こっちに、門があるの」

かけだした目の前でようやく壁が切れた。堂々とした赤っぽい石を積んだ一対の門柱。その間に組まれた装飾のある鉄パイプ様の扉。扉越しの正面に高く聳えるケルト式の十字架を刻んだ墓は、ここから広がる墓地全体を代表するもののように見える。

思わず粛然として、門から中へと静かに歩む。

見回しても守衛らしき人の姿はなく、管理棟といった建物も見えない。ただ、少し離れた所にひっそりと置かれたような家がある。事務所とも住宅ともとれる小さな家の窓には白っぽいカーテンが引いてある。そこへ行って何度かベルを押すうちに、奥から青年が出てきた。黒いシャツ姿、のびかけたあごひげ、休日のスタイルなのかもしれない。

目的の墓の在処《ありか》を尋ねる。作ってきたメモを取り出して見せる。わたしが読んだバードの伝記本にあった死去の年月日。最後に住んでいた家の住所。結婚したあとの正式な名の綴り。手がかりはこれだけだ。

青年は、分かったというふうに片手を上げ、次の間に引っこんだ。私たちは身動きもしないで、じっと待った。

やがて、青年は両腕で抱えるようにして、革表紙のついた、横に長い紙の束を運んできた。この墓地の記録台帳というものか。目の前の机上に広げて、ページをめくる。

一九〇四年のページに行きつき、一〇月の記入が現れた。この月の二番目の行は七日が死去の日付、一〇日が葬儀となっていて、故人の名が記されている。

イザベラ　ルーシー　バード　ビショップ、まぎれもない彼女の名だ。胸がふるえる。一〇〇年も前に書かれたその字を見つめる。なんと美しいペン字。同じ傾きにそろった英字の細やかな線。それがするするとほどけて、長い糸になり、ゆるやかに踊り出すような幻視にとらわれた。

ぼんやりしているわたしに、青年がメモの紙を差し出していた。いつのまにか、彼はこの墓地の配置図らしい大きな紙を別に広げ、目印を確認していたのだ。

「セクションM、レア（埋葬地）ナンバーは91」

口で伝えるだけでなく、わたしに戻してきた紙には、濃いブルーのボールペンで数字が書きこんであった。

私たちは口々に礼をいって、外へ出た。自然に葬列を作るように並んで、歩く。広大な墓地の中に、イザベラが眠っている。そこまで、もう少しだ。

周囲には高い木が多く、伸びた枝や茂った葉が上空を覆っている。陽の光がその幕を通して、柔かく降ってくる。足元の土は、林の中にいるように、しめっぽい。だれかが踏んだ跡を辿っていく土と草の小道がかすかに続いている。

それにしても、墓の敷地ははっきりしない。墓と墓の間隔は一定ではないし、柵も囲いもない。墓碑は一枚の版の形をしているが、石の色はさまざまだ。大人が立ち上がって身をのばしたほどの高さ、大きさで間近に並んでいる。背中合わせに立つもの、やや傾いたもの、それぞれが置かれた方角を向いて、ふと足を停めたという風情で佇んでいるのだ。

私たちは碑面をひとつひとつ辿り始めた。イザベラの名を、そこに蘇らせてくれる碑はどれか、心急《せ》く思いだった。

碑の頭に大きな葉の影がかかって、読めないのがある。近づいて、そっと葉を払うと、文字が浮きあがった。ＢＩＲＤ、とある。わたしは思わず声をたてていた。

「あったわ、バードよ。……これはお父さんの名前ね」

みんなで、碑を囲んだ。元は白かった石が風雪にさらされ、緑を帯びている。石の角がとれ、やさしい撫で肩に見える。二段の台石はしっかり土に坐り、碑面いっぱいに刻まれた細かな文字もはっきりと読み取れた。

一番上にある名はエドワード・バードで、一八五八年にハンテンドンシャーのワイトンで死去、六三歳と記されている。イザベラの父であり、家族の中では最初の死者だった。

彼の妻、ドラ・ローソンはやはり六三歳で一八六六年にエディンバラで亡くなった。彼等の一番若い娘、イザベラの妹のヘンリエッタ・アメリアは、まだ四五歳の一八八〇年が没年である。

そして、イザベラの夫、ジョン・ビショップは四四歳で一八八六年に没している。イザベラ・ルーシー。彼女は長女であり、ジョン・ビショップの妻である。一九〇四年一〇月七日、エディンバラで七二歳の生涯を閉じた。

イザベラの伝記（『イザベラ・バード　旅の生涯』）を著したO・チェックランドによれば、ディーン墓地に墓をたてたのはイザベラで、夫と娘たちのために献身的につくした母ドロシーをここに埋葬した。同時にワイトンにあった父の亡骸もそばに納めたという。それまでも父の遺志に従って家長の務めを果たしてきたイザベラは、このとき三四歳だった。

碑面には、その後の家族の歴史が淡々と記されているが、そこにはイザベラが家族に抱いていた想いと愛情がにじみ出ているように思える。牧師（RECTOR）として尊敬されていた父、医師（M. D.）として誠実に仕事にうちこんだ夫。イザベラはそれぞれの名に社会的地位を示す肩書きを添えているが、それはバード家の誇りでもあったのだろう。

四人の家族に続き、碑の下方に刻まれているイザベラ自身についての記述に注目する。イザベラ・ルーシーの名の横に、F・R・G・Sと、F・R・S・G・Sという大文字が並んでいる。それぞれ王立英国地理学会会員と、王立スコットランド地理学協会会員を意味する。前述の伝記本で、O・チェックランドが「彼女の墓標には、会員の肩書きが誇らしげに刻まれている」と、特筆しているものだろうか。だが、この肩書の裏には、歴史にも残る地理学会と女性会員の資格問題のごたごたがあり、イザベラはこの会員推挙を必ずしも喜んでいなかったと伝えられている。

時は一八九二年、英国地理学会の評議会はそれまでの慣習を破って、二一人の女性を特別会員に選出した。出版人のジョン・マレイの推薦があって、イザベラも選ばれた一人だった。二十代から旅行家として北米、オーストラリア、ニュージーランド、サンドイッチ諸島（ハワイ）、日本、朝鮮、中国、さらに中東の国々へと足を運び続けてきたイザベラは、学会で話をする機会もあったのに、会員とは認められていなかった。女性だからである。

学会内部の評議会に対する反撥は根強く、騒ぎは尾を引いた。翌年、これ以上の特別会員を増やさないという幕引きの意見が勝ちを占め、やっと落着した。学会からの文書を読んだイザベラは、次のように書いているという。「特別会員といっても、それは栄誉でもなければ、仕事を認めてくれた、というものでもありません。大騒ぎするほどのことはないのです。さらに、提案されたものは、卑劣なほどに女性を不当に扱っています。」

学会が女性を会員にするために特別な枠を作って認めるということのまやかしを、イザベラは鋭く見抜いている。チェックランドはそのイザベラでも、特別会員に選ばれたことを心ひそかに喜んでいたと指摘する。

わたしは、墓碑を眺めているうちに、名前の下の一行に吸い寄せられた。それはペキンのオリエンタルソサエティのメンバーであると、さりげなく示した小さい文字の列だった。最後のPEKINはPEKINGのGが石の端っこで欠けたようだけれど、北京のことで、そこにある中国の東洋研究か何かの交流団体か。イザベラは、この団体の人びとに認められ、自由に意見を言い合い、豊かな時を過ごしたのではないか。地理学会のメンバーであることよりも、彼女自身が選んだ仲間の一員であることを誇らしく思っていたのではないか。

そんな想像が許されるように思うのには、さらに次の一行が関わってくる。「エディンバラで死去」となる最後の記述の前に、イザベラの真意と思われる一句がはさまれてある。

「多くの土地での困難な旅路のあとに（WHO AFTER ARDUOUS JOURNEYINGS IN MANY LANDS)」というものだ。一つ一つの旅がどんなに苦しいものであったか、また発見と驚きに満ちていたか、自負をこめた肉声が聞こえてくるような気がする。それは、南米と南極を除く世界の全大陸に足跡を印したといわれるイザベラ・バードの長い旅路を思い返さずにいられない、記念碑となる言葉だ。

わたしたちは、墓前に供える花も持参していなかった。旅が始まったとき、飛行機の中で折った千代紙の折り鶴を取り出した。行く先々で出会った人の手に渡して喜ばれた鶴たちの最後の数羽を、墓前の草の上に並べた。去り難く、もう一度別れをと振り返ったとき、墓を包むようにして立っている木が菩提樹だと気づいた。愛を刻む木と歌われてきたが、別の意味もある。憩い、静寂、そして死に行きつく誘《いざな》いにも通じているという。夏の終り、菩提樹の深く濃い緑の姿は、いつまでもわたしの中に影を落とした。

わたしがエディンバラの墓地を尋ねたのは一九九八年九月三日のことだった。その日、わたしはイザベラの最後の住所として台帳にもあったメルヴィル通り一〇番地を探してみた。古い、すすけた茶の石造りのビルが並ぶ通りは、たぶん百年前とほとんど変らない光景で、人びとが行き来していると思えた。屋上に素焼きの排気筒がいくつも乗っている四、五階建てのビル。番地はそのまま一戸の住宅を示している。イザベラは、一九〇三年にエディンバラにもどってから、マナー・プレイス一一番地の療養院に入ったり、メルヴィル通りでも一八番地の家を借りたりしている。しかし、番地の家をつきとめても、屋内にまで入ることはできないから、そこが住宅なのか事務所として使われているのか、玄関の扉や植え込みから推し量るだけだ。

急に、鐘が鳴りだした。通りの先にある大きな教会セント・マリー・カテドラルから響き渡る。背の高い外灯の柱、家々のガラス窓、敷石の一枚一枚にまでも、震える鐘の音が伝わっていくようだ。この街で、イザベラが住む所を変えても、それは鐘の音の及ぶ範囲におさまっていただろう。日曜の礼拝やだれかの追悼ミサのたびに、イザベラもこの音に身を浸したにちがいない。

弔鐘という語が思い浮かんだ。カナダ移住者の子孫が祖父母の故郷を尋ねて田舎を歩き回るお話の中で、古い教会と告知の鐘の音のことを書いていたのを読んだことがある。

「教会員の誰かが亡くなると、いまだに告知の鐘が鳴らされる。鐘の一音が寿命の一年を表す。鐘が聞こえる範囲にいる人はみな、鳴らされる回数を数えて、誰のために鳴らされているのか見当をつけようとするのである。」（アリス・マンロー『林檎の木の下で』）

イザベラは七三歳の誕生日を目前にしていた。その日を墓碑に名を刻んだバード家のみんなといっしょに迎えたいと願ったかもしれない。彼女が最晩年の日々を暮らした懐かしいこの街では、イザベラのための弔鐘が長く、長く鳴らされただろうか。

（書き下ろし　二〇一三年四月）

参考文献

『イザベラ・バード旅の生涯』O・チェックランド　川勝貴美訳　日本経済評論社

あとがき

折り折りに書くことになった短い文章を、いつか振り返ってまとめてみたいと思っていた。古い文章を並べていくことには、ためらいがつきまとったが、あえて若書きのものも入れた。

わたしは、いつまでも大人になりきれなかった人間で、人生の出発点だった子ども時代に思考の原点を据えてしまう癖がある。それで、子どもの頃の話がたくさんになり、同じ話が繰り返されて、またかとあきれられることだろう。

同様に、生まれ育った地への思いも強い。十代の終りには親の元を巣立ち、土地を離れたのに、いまでもそこへ「帰る」といってしまう。わりあい長命であった父と母は、すでに亡いというのに。

わたしにとって、「故郷」という言葉は特別な思い入れをすることもなく、気軽に使う普通名詞だった。それが、わが北海道、わが室蘭を指す場合にも、親しく思い浮かべるものがあり、流離の愁いとも縁遠かった。

ところが今、わたしは「故郷」の語の前で立ちすくんでしまう。二年半前の東日本大震災の後からのことだ。言葉を失うという経験はみんながしたのだが、回復しない言葉が、わたしには残った。「ふるさと」の歌が歌えなくなった。

「故郷」と掲げてみても、想起するものがない。根こそぎ流され失われた光景、ほんとうに何もない風景が、この言葉にはりついてしまったのだ。

この本のタイトルに、といって、編集の松本昌次さんが「故郷の川を遡る鮭の背に」をすすめてくれた。わたしが幸せにも「故郷」に回帰している一文である。それを、選んだ。この語へのこだわりを捨てずに、わたしは自分の中で再び「故郷」を目指すことができるだろうか。装画の三好まあやさんは海育ちではないけれど、海に挑戦してくれた。さらに影書房のみなさんの支えがあって、本が形になったことに深く感謝します。

二〇一三年七月

富盛　菊枝

富盛　菊枝（とみもり　きくえ）

児童文学作家。日本文藝家協会会員。日本女子大学家政学部児童学科卒。著書――『ぼくのジャングル』（1965年，理論社）『鉄の街のロビンソン』（1971年，あかね書房）『子どものころ戦争があった』（共著，1974年，あかね書房）『わたしの娘時代』（編著，1974年，童心社）『いたどり谷にきえたふたり』（1985年，太平出版社）『おやおやべんとうくまべんとう』（1986年，ポプラ社）『さまざまな戦後　第１集』（共著，1995年，日本経済評論社）『51年目のあたらしい憲法のはなし』（共著，1997年，洋々社）『金子みすゞ花と海と空の詩』（共著，2003年，勉誠出版）『知里幸恵『アイヌ神謡集』への道』（共著，2003年，東京書籍）『子どもの時のなかへ』（2004年，影書房）

現住所　〒350-1305　狭山市入間川3142―16

三好　まあや（みよし　まあや）

版画家。サロン・ブラン美術協会委員。武蔵野美術大学卒業。版画家故荒木哲夫に師事。インターグラフィック（東ドイツ1986）、クーバン国際版画ビエンナーレ（ベルギー1989，91）、カダクェス国際版画小品展（スペイン1987，89，90）、クラコウ国際版画ビエンナーレ（ポーランド1988）、カナダ国際グラフィック（1992）、国展新人賞（1994）、CWAJ版画展（アメリカンクラブ東京1995，97）、国展準会員優作賞（2001）、あおもり版画トリエンナーレ（2001，2004）、国画会会員推挙（2002）、台湾国際版画・素描ビエンナーレ（2003）、レセドラ国際版画小品展（ブルガリア2005，2009）、国画会退会（2006）、日仏現代国際美術展会員SBA賞（2012）、サロン・ブラン美術協会委員推挙（2012）、銀座（東京）ボストン（USA）等の個展で作品を発表。

故郷《こきょう》の川《かわ》を遡《さかのぼ》る鮭《さけ》の背《せ》に

二〇一三年九月一日　初版第一刷

著　者　富盛《とみもり》　菊枝《きくえ》

発行所　株式会社　影書房
発行者　松本　昌次
〒114―0015　東京都北区中里三―四―五
ヒルサイドハウス一〇一
電　話　〇三（五九〇七）六七五五
FAX　〇三（五九〇七）六七五六
E-mail=kageshobo@ac.auone-net.jp
URL=http://www.kageshobo.co.jp/
〒振替　〇〇一七〇―四―八五〇七八
本文印刷＝ショウジプリントサービス
装本印刷＝アンディー
製本＝協栄製本

定価　二、〇〇〇円＋税

ISBN978-4-87714-438-8

子どもの時のなかへ

富盛菊枝 著

三好まあや 版画

四六判上製 168頁 1800円+税

ISBN978-4-87714-320-6

不幸な戦争の時代、飢えと物の欠乏に苦しめられながらも、そこには豊かな〈子どもでいる時間〉があった。戦前の北海道で育った著者の子ども時代の原風景を辿りつつ綴ったエッセイに、本書オリジナルのカラー版画10葉を付す。